Charles Dickens • Eine Weihnachtsgeschichte

Charles Dickens

wurde am 7.2.1812 in Landport geboren. Als er zwölf Jahre alt war, kam sein Vater wegen seiner Schulden ins Gefängnis. Charles musste die Schule verlassen und zwölf Stunden am Tag in einer Fabrik arbeiten. Die in dieser Geschichte beschriebene Armut beruht auf Dickens Erfahrungen aus dieser Zeit. Später wurde Dickens ein gefeierter Schriftsteller. Er ist der Verfasser der berühmten Romane *Oliver Twist* und *David Copperfield*. Charles Dickens starb am 9.6.1870 in Gadshill.

Charles Dickens

Eine Weihnachtsgeschichte

Illustrationen von
Don-Oliver-Matthies

Schneider Buch

Die Deutsche Bibliothek – CIP-Einheitsaufnahme

Ein Titeldatensatz für diese Publikation ist bei
Der Deutschen Bibliothek erhältlich

Der Schneider Verlag im Internet:
http://www.schneiderbuch.de

Originaltitel: *A Christmas Carol* (Erstausgabe 1843)
Deutsche Bearbeitung von Christoph Aicher
Titelbild: Silvia Christoph
Illustrationen: Don-Oliver-Matthies
Herstellung/Satz: FIBO Lichtsatz GmbH, Unterhaching
Druck: Clausen & Bosse, Leck
Bindung: Conzella Urban Meister, München-Dornach
ISBN 3-505-11876-1

02 03 / 8 7 6 5 4 3 2 1

Erste Strophe

Marleys Geist

Marley war tot, damit wollen wir anfangen. Daran besteht kein Zweifel. Der Totenschein war vom Pfarrer, dem Küster, dem Leichenbestatter und dem vornehmsten Leidtragenden unterschrieben. Scrooge unterzeichnete ihn, und sein Name galt etwas. Der alte Marley war so tot wie ein Türnagel.

Versteht mich recht! Ich will nicht etwa sagen, dass ich wüsste, was an einem Türnagel so besonders tot ist. Ich bin eigentlich der Ansicht, dass das toteste Stück Eisen auf der Welt ein Sargnagel ist. Aber die Weisheit unsrer Ahnen liegt in den Gleichnissen, und ich möchte daran nicht rühren. Man wird mir also erlauben, mit besonderem Nachdruck zu wiederholen, dass Marley so tot wie ein Türnagel war.

Wusste Scrooge, dass er tot war? Natürlich wusste er's. Wie sollte es auch anders sein? Scrooge und er waren, ich weiß nicht seit wie vielen Jahren, Geschäftspartner. Scrooge war Marleys einziger Testamentsvollstrecker, sein einziger Verwalter, sein einziger Erbe, sein einziger Freund und der einzige Leidtragende. Und selbst Scrooge war von dem traurigen Ereignis nicht so schrecklich mitgenommen, um nicht noch am Begräbnistag ein vortrefflicher Geschäftsmann zu sein und den Tag am Ende mit einem ausgezeichneten Handel zu feiern.

Nun bringt mich die Erwähnung von Marleys Begräbnistag wieder zum Ausgangspunkt meiner Erzählung zurück. Es bestand kein Zweifel, dass Marley tot war. Das muss scharf ins Auge gefasst werden, sonst ist an der Geschichte, die ich erzählen will, nichts Wunderbares.

Scrooge ließ Marleys Namen nicht übermalen. Noch Jahre später stand über der Tür des Lagerhauses „Scrooge & Marley". Die Firma war unter dem Namen *Scrooge und Marley* bekannt. Leute, die Scrooge nicht kannten, nannten ihn manchmal Scrooge und manchmal Marley; aber er hörte auf beide Namen, denn es war ihm egal.

Oh, er war ein wahrer Blutsauger, dieser Scrooge! Ein raffgieriger, geiziger alter Sünder: hart und kantig wie ein Kiesel, aus dem noch kein Stahl einen warmen Funken geschlagen hat, einsam, verschlossen und ganz für sich, wie eine Auster. Die Kälte in seinem Herzen hatte seine alten Gesichtszüge starr, seine spitze Nase noch spitzer, sein Gesicht runzlig, seinen Gang steif, seine Augen rot, seine dünnen Lippen blau gemacht, und sie klang aus seiner krächzenden Stimme heraus. Ein frostiger Raureif schien auf seinem Kopf, auf seinen Augenbrauen und auf dem starken struppigen Bart zu liegen. Er schleppte seine eigene niedrige Temperatur immer mit sich herum: an den heißen Tagen kühlte er sein Büro damit wie mit Eis und zur Weihnachtszeit machte er es nicht um ein Grad wärmer.

Äußere Hitze und Kälte wirkten wenig auf Scrooge. Keine Wärme konnte ihn wärmen, keine Kälte ließ ihn frösteln. Kein Wind war schneidender als er, kein Schneegestöber erbarmungsloser, kein klatschender Regen unerbittlicher. Schlechtes Wetter konnte ihm nichts anhaben. Der ärgste Regen, Schnee oder Hagel konnten sich in einem Punkt rühmen, besser zu sein als er: Sie gaben oft im Überfluss, und das tat Scrooge nie und nimmer.

Niemals kam ihm jemand auf der Straße entgegen, um mit freundlichen Blicken zu ihm zu sagen: „Mein lieber Scrooge, wie geht's, wann werden Sie mich einmal besuchen?" Kein Bettler bat ihn um eine Kleinigkeit, kein Kind fragte ihn, wie spät es sei, kein Mann und keine Frau hatten ihn je in seinem Leben nach dem Weg gefragt. Selbst der Hund des Blinden schien ihn zu kennen, und wenn er ihn kommen sah, zog er seinen Herrn in einen Torweg und wedelte dann mit dem Schwanz, als wollte er sagen: „Gar kein Auge, blinder Herr, ist besser als ein böses Auge."

Doch was kümmerte das alles den alten Scrooge? Gerade das gefiel ihm. Allein seinen Weg durch das Leben zu wandern, ohne jede menschliche Regung; das war es, was Scrooge mochte.

Einmal – es war von allen guten Tagen im Jahr der beste, der Heilige Abend – saß der alte Scrooge in seinem Büro. Draußen war es schneidend kalt und neblig, und er konnte hören, wie die Leute im Hof, um sich zu wärmen, keuchend auf und ab gingen, frierend die Arme um sich schlangen und mit den Füßen stampften. Es hatte eben erst drei Uhr geschlagen, doch es war schon ziemlich finster. Den ganzen Tag über war es nicht richtig hell geworden, und die Kerzen in den Fenstern der benachbarten Büros flackerten wie rote Flecken im schmutzigen braunen Dunst. Der Nebel drang durch jede Spalte und durch jedes Schlüsselloch und war draußen so dicht, dass die gegenüberliegenden Häuser des sehr kleinen Hofes wie Gespenster aussahen. Wenn man die trübe, dicke, alles verfinsternde Wolke heruntersinken sah, hätte man meinen können, dass Mutter Natur gleich nebenan wohnte und gerade eine gewaltige Suppe zusammenbraute.

Die Tür von Scrooges Büro stand offen, damit er seinen Sekretär beaufsichtigen konnte, der in einem erbärmlich feuchten, kleinen Raum, einer Art Gefängniszelle, Briefe kopierte. Scrooge selbst hatte nur ein sehr kleines Feuer, aber das Feuer des Sekretärs war um so viel kleiner, dass es nur wie eine einzige Kohle aussah. Er konnte aber nicht nachlegen, denn Scrooge hatte den Kohlenkasten in seinem Zimmer, und jedes Mal, wenn der Sekretär mit der Kohlenschaufel in der Hand hereinkam, drohte ihm Scrooge mit der baldigen Kündigung. Worauf der Sekretär seinen weißen Schal umband und versuchte, sich am Licht zu wärmen, was aber immer misslang, da er ein Mann von nur geringer Fantasie war.

„Fröhliche Weihnachten, Onkel, Gott schütze dich!“, rief da eine heitere Stimme. Es war die Stimme von Scrooges Neffen, der so schnell hereingekommen war, dass dieser Gruß das Erste war, was man von ihm bemerkte.
„Pah“, knurrte Scrooge, „dummes Zeug!“
Dem jungen Mann war vom schnellen Laufen so warm geworden, dass er glühte. Sein Gesicht war rot und frisch, seine Augen glänzten und sein Atem dampfte.

„Weihnachten dummes Zeug, Onkel?“, fragte Scrooges Neffe. „Das kann nicht dein Ernst sein.“
„Es ist mein Ernst“, sagte Scrooge. „Fröhliche Weihnachten? Was für einen Grund hast du, fröhlich zu sein? Du bist arm genug.“
„Nun“, antwortete der Neffe heiter, „was für einen Grund hast du, mürrisch zu sein? Du bist reich genug.“
Scrooge, der im Augenblick keine bessere Antwort darauf wusste, sagte noch einmal „Pah!“ und brummte hinterher „Dummes Zeug!“
„Sei nicht so wütend, Onkel“, versuchte der Neffe ihn zu besänftigen.
„Was soll ich anderes sein“, antwortete der Onkel, „wenn ich in einer Welt voll solcher Narren lebe? Fröhliche Weihnachten! Der Henker soll die fröhlichen Weihnachten holen! Was ist Weihnachten anderes, als eine Zeit, in der du Rechnungen bezahlen sollst, ohne Geld zu haben, eine Zeit, in der du dich um ein Jahr älter und nicht um eine Stunde reicher findest, eine Zeit, in der du deine Bücher abschließt und für jeden Monat siehst du nichts darin verzeichnet, als das, was dir noch abgeknüpft werden soll? Wenn es nach mir ginge“, setzte Scrooge heftig hinzu, „so müsste jeder Narr, der mit den Worten ‚Fröhliche Weihnachten‘ herumläuft, in seinem eigenen Pudding gekocht und mit einem Stechpalmenzweig im Herzen begraben werden.“

„Onkel!“, bat der Neffe.
„Neffe“, antwortete der Onkel erbost, „feiere du Weihnachten auf deine Art und lass es mich auf meine feiern.“
„Feiern!“, wiederholte Scrooges Neffe. „Aber du feierst es ja nicht.“
„Lass mich in Ruhe“, brummte Scrooge. „Mag es dir Nutzen bringen. Es hat dir ja immer schon Nutzen gebracht.“
„Es gibt viele Dinge, die mir hätten nützen können und die ich nicht genutzt habe, das weiß ich“, antwortete der Neffe, „und Weihnachten ist eins davon. Aber ich weiß gewiss, dass ich Weihnachten immer als eine gute Zeit betrachtet habe, als eine liebe Zeit, als die Zeit der Vergebung und Barmherzigkeit. Als die einzige Zeit, in der die Menschen einträchtig ihre verschlossenen Herzen auftun und die andern Menschen ansehen, als wären sie wirklich Reisegefährten auf dem Weg durch das Leben und nicht fremde Geschöpfe mit eigenen Zielen. Und daher, Onkel, wenn es mir auch niemals ein Stück Gold oder Silber in die Tasche gebracht hat, daher glaube ich doch, es hat mir Gutes getan, und es wird mir Gutes tun, und ich sage ‚Gott segne das Weihnachtsfest!‘“
Der Sekretär in seinem Kämmerchen draußen applaudierte unwillkürlich. Aber im Augenblick darauf fühlte er auch die Ungebührlichkeit seines Verhaltens, schürte verlegen die Kohlen und lösch-

te dadurch die letzten kleinen Funken unwiederbringlich.
„Wenn Sie da drüben noch einen einzigen Laut von sich geben“, knurrte Scrooge, „dann feiern Sie Ihre Weihnachten mit dem Verlust Ihrer Stelle. – Du bist ja ein ganz gewaltiger Redner“, fügte er dann hinzu, seinem Neffen zugewandt. „Es wundert mich, dass du noch nicht bis ins Parlament gekommen bist!“

„Sei nicht so wütend, Onkel. Iss doch morgen mit uns.“
Scrooge sagte, dass er ihn erst in der Hölle wieder sehen wolle; ja wahrhaftig, das waren seine Worte.
„Aber warum?“, rief Scrooges Neffe. „Warum denn?“
„Warum hast du geheiratet?“, fragte Scrooge.
„Weil ich mich verliebte.“
„Weil er sich verliebte!“, brummte Scrooge, als sei dies das einzige Ding in der Welt, das noch lächerlicher als eine fröhliche Weihnacht ist. „Guten Abend!“

„Aber Onkel, du hast mich ja auch vorher nie besucht. Warum soll es da ein Grund sein, mich jetzt nicht zu besuchen?"
„Guten Abend!", sagte Scrooge.
„Ich brauche nichts von dir, ich verlange nichts von dir, warum können wir nicht gute Freunde sein?"
„Guten Abend!", sagte Scrooge.
„Ich bedaure wirklich von Herzen, dass du so hartnäckig bist. Wir haben nie einen Streit miteinander gehabt, an dem ich schuld gewesen wäre. Aber ich habe den Versuch gemacht, Weihnachten zu Ehren, und ich will meine Weihnachtsstimmung bis zuletzt behalten. Fröhliche Weihnachten, Onkel!"
„Guten Abend!", sagte Scrooge.
„Und ein glückliches Neujahr!"
„Guten Abend!", sagte Scrooge.
Trotz allem verließ der Neffe das Zimmer ohne ein böses Wort. An der Haustür blieb er dann stehen, um auch dem Sekretär ein frohes Fest zu wünschen, der trotz der Kälte dennoch wärmer war als Scrooge, denn er gab den Gruß freundlich zurück.
„Das ist mir auch so ein Kerl!", brummte Scrooge, der es hörte. „Mein Sekretär, mit fünfzehn Shilling die Woche und Frau und Kindern, spricht von fröhlichen Weihnachten. Das ist doch vollkommen verrückt!"
Der Sekretär hatte, als er den Neffen hinausließ,

zwei andere Personen hereingelassen. Es waren zwei behäbige, gut gekleidete Herren, die jetzt, mit dem Hut in der Hand, in Scrooges Büro standen. Sie hatten Bücher und Papiere unterm Arm und verbeugten sich.

„*Scrooge und Marley*, glaube ich", sagte einer der Herren, indem er auf seine Liste sah. „Hab ich die Ehre, mit Mr Scrooge oder mit Mr Marley zu sprechen?"

„Mr Marley ist seit sieben Jahren tot", antwortete Scrooge. „Er starb heute vor sieben Jahren."

„Wir zweifeln nicht, dass sein überlebender Geschäftspartner ebenso großzügig sein wird", sagte der Herr, indem er ihm seine Papiere überreichte.

Er hatte ganz Recht, denn sie waren wirklich zwei verwandte Seelen gewesen. Bei dem erschreckenden Wort „großzügig" runzelte Scrooge die Stirn, schüttelte den Kopf und gab das Papier zurück.

„An diesem festlichen Tag des Jahres, Mr Scrooge", sagte der Herr, eine Feder ergreifend, „ist es mehr als sonst wünschenswert, wenigstens einigermaßen für die Armen zu sorgen, die zur Zeit in großer Bedrängnis leben. Vielen Tausenden fehlen selbst die notwendigsten Dinge, Hunderttausenden die geringsten Bequemlichkeiten des Lebens."

„Gibt es keine Gefängnisse?", fragte Scrooge.

„Überfluss an Gefängnissen", sagte der Herr und legte die Feder wieder hin.

„Und die Armenhäuser?", fragte Scrooge. „Gibt es die noch?"

„Allerdings", antwortete der Herr, „aber doch wünschte ich, sie müssten weniger in Anspruch genommen werden."

„Arbeitshaus und das Armengesetz bestehen auch noch?", erkundigte sich Scrooge.

„Sowohl als auch."

„So? Nach dem, was Sie zuerst sagten, fürchtete ich, diese Einrichtungen existierten nicht mehr", sagte Scrooge. „Ich freue mich, das Gegenteil zu hören."

„In der Überzeugung, dass diese Einrichtungen doch wohl kaum imstande sind, Festtagsfreude bei den Armen zu verbreiten", entgegnete der Herr, „haben sich einige von uns entschlossen, Spenden zu sammeln, um Nahrungsmittel und Heizmaterial für die Bedürftigen anzuschaffen. Und wir wählen diese Jahreszeit, weil sie vor allen andern eine Zeit ist, da der Mangel am bittersten gefühlt wird und nur der Reiche sich freut. Welche Summe oder was darf ich für Sie aufschreiben?"

„Nichts", antwortete Scrooge.

„Sie wünschen anonym zu bleiben?"

„Ich wünsche, dass man mich in Ruhe lässt“, sagte Scrooge. „Da Sie mich fragen, meine Herren, was ich wünsche, so ist eben dies meine Antwort. Ich verspüre keine Festtagsfreude und habe nicht die Möglichkeit, mit meinem Geld Faulenzern Freude zu bereiten. Ich trage meinen Teil zu den Einrichtungen bei, die ich genannt habe; sie kosten genug, und wem es schlecht geht, der mag dorthin gehen!“

„Viele können nicht hingehen, und viele würden eher sterben.“

„Wenn sie eher sterben würden“, sagte Scrooge, „so wäre es gut, wenn sie es täten und die überflüssige Bevölkerung dadurch verminderten. Übrigens, Sie entschuldigen, ich weiß nichts davon.“

„Aber Sie könnten es wissen“, bemerkte der Herr.

„Es kümmert mich nicht“, antwortete Scrooge. „Es genügt, wenn ein Mann sein eignes Geschäft versteht und sich nicht in das anderer Leute mischt. Das meinige nimmt meine ganze Zeit in Anspruch. Guten Abend, meine Herren!“

Da sie deutlich einsahen, wie vergeblich weitere Versuche sein würden, zogen sich die Herren zurück. Scrooge setzte sich wieder an die Arbeit und hatte bessere Laune als sonst.

Nebel und Dunkelheit hatten inzwischen so zugenommen, dass Leute mit brennenden Fackeln anboten, vor den Fuhrwerken herzulaufen und den Pferden zu leuchten. Der alte Kirchturm, dessen brummende alte Glocke sonst unverwandt aus dem alten Fenster in der Mauer heimlich auf Scrooge herabsah, wurde unsichtbar in den Wolken und schlug die Stunden und Viertel mit einem zitternden Nachklang, als wenn dem eingefrorenen Kopfe droben die Zähne klapperten. Die Kälte wurde immer schneidender. In der Hauptstraße an der Ecke des Platzes wurden die Gasleitungen ausgebessert, und die Arbeiter hatten ein großes Feuer in einer Kohlenpfanne angezündet. Darum herum drängten sich einige zerlumpte Männer und Knaben, die über den Flammen behaglich blinzelnd sich die Hände wärmten. Am Brunnen floss das Wasser bereits an einem Eiszapfen entlang, der ihn schließlich einfrieren würde. Der Lichtschimmer der Läden, in deren Fenstern Stechpalmenzweige und Beeren in der Lampenwärme knisterten, ließ die blassen Gesichter der Vorübergehenden rosiger erscheinen. Die Geschäfte der Geflügel- und Lebensmittelhändler sahen aus wie ein glänzendes, fröhliches Märchenland, und es schien fast unmöglich, damit den Gedanken an eine so langweilige Sache wie Kauf und Verkauf zu verbinden. Der Oberbürgermeister gab in den innern Gemächern des Rathauses seinen fünfzig Köchen und Kellermeistern Befehl, Weihnachten zu feiern, wie es eines Oberbürgermeisters würdig ist. Und selbst der kleine Schneider, den er am Montag vorher wegen Trunkenheit und blutrünstiger Äußerungen in der

Öffentlichkeit mit fünf Shilling gestraft hatte, kochte den Pudding für morgen in seinem Dachkämmerchen, während seine magere Frau mit dem Baby auf dem Arm wegging, um das Roastbeef zu kaufen.

Immer nebliger und kälter wurde es, durchdringend, schneidend kalt. Der Inhaber einer kleinen, jungen Nase, an der die hungrige Kälte biss und nagte, wie Hunde an einem Knochen, drückte diese an Scrooges Fenster und wollte ihn mit einem Weihnachtslied erfreuen. Aber beim ersten Ton des Liedes riss Scrooge das große Lineal mit einer solchen Heftigkeit an sich, dass der Sänger voll Schrecken die Flucht ergriff und das Fenster dem Nebel und dem Frost überließ.

Endlich kam die Feierabendstunde. Unwillig stieg Scrooge von seinem Sessel und gab dadurch dem Sekretär stillschweigend die Einwilligung zum Aufbruch, worauf dieser sogleich das Licht auslöschte und den Hut aufsetzte.

„Sie wollen morgen den ganzen Tag freihaben, vermute ich“, sagte Scrooge.

„Wenn es Ihnen recht ist, Sir.“

„Es ist mir durchaus nicht recht“, sagte Scrooge, „und es gehört sich auch nicht. Wenn ich Ihnen eine halbe Krone dafür abzöge, würden Sie denken, es geschähe Ihnen Unrecht, nicht wahr?“

Der Sekretär antwortete mit einem gezwungenen Lächeln.

„Und doch“, sagte Scrooge, „denken Sie nicht daran, dass mir Unrecht geschieht, wenn ich einen Tag Lohn bezahle für einen Tag Faulenzen.“
Der Sekretär gab zu bedenken, dass es ja nur einmal im Jahr geschähe.
„Eine armselige Entschuldigung, um an jedem fünfundzwanzigsten Dezember einem Mann das Geld aus der Tasche zu ziehen“, murrte Scrooge, während er seinen Überrock bis zum Kinn zuknöpfte. „Aber ich vermute, Sie wollen tatsächlich den ganzen Tag freihaben. Seien Sie wenigstens übermorgen umso früher hier!“
Der Sekretär versprach es, und Scrooge ging mit einem Brummen fort. Das Büro war im Nu geschlossen, und der Sekretär, dem die langen Enden seines weißen Schals um die Beine baumelten, schlitterte zu Ehren des Festes mit Kindern zwanzigmal eine Rutschbahn hinunter; dann lief er so schnell wie möglich in seine Wohnung in Camden Town, um dort mit seiner Familie Blindekuh zu spielen.
Scrooge nahm sein einsames, trübseliges Mahl in seinem üblichen schäbigen Gasthaus ein, und nachdem er alle Zeitungen gelesen und sich den Rest des Abends mit Grübeln über seine Geschäfte vertrieben hatte, ging er nach Hause, um schlafen zu gehen. Er wohnte in den Zimmern, die einmal Marley gehört hatten. Es war eine düstere Wohnung in einem niedrigen, dunklen Gebäude, das in

seinen Hof so ganz und gar nicht hineinpasste. Man hätte fast glauben können, dass es sich dorthin verlaufen hätte, als es noch ein junges Haus war und mit andern Häusern Versteck spielte. Jetzt war es alt und öde. Niemand außer Scrooge wohnte dort, und alle andern Örtlichkeiten in der näheren Umgebung waren als Geschäftsräume vermietet. Der Hof war so dunkel, dass selbst Scrooge, der dort jeden Pflasterstein kannte, seinen Weg mit den Händen ertasten musste. Der Nebel und der Frost ballten sich so dick und schwer zwischen den schwarzen Wänden der Häuser, als grübelte dort ein missmutiger Wettergeist dumpf vor sich hin.

Nun steht es fest, dass an dem Klopfer der Haustür ganz und gar nichts Besonderes war als seine Größe. Auch steht fest, dass ihn Scrooge jeden Abend und jeden Morgen, seitdem er das Haus bewohnte, gesehen hatte und dass Scrooge so wenig Fantasie besaß, als irgendjemand in London, einschließlich der Mitglieder des Stadtrats – wenn das zu sagen erlaubt ist. Man vergesse auch nicht, dass Scrooge, außer heute Nachmittag, keine Sekunde an seinen vor sieben Jahren verstorbenen Geschäftspartner gedacht hatte. Und dann erkläre mir jemand, warum Scrooge, als er seinen Schlüssel in das Türschloss steckte, in dem Klopfer, ohne dass dieser sich äußerlich verändert hätte, keinen Türklopfer, sondern Marleys Gesicht sah!

Ja, Marleys Gesicht. Es war nicht von so undurchdringlichem Dunkel umgeben wie die andern Gegenstände im Hof, sondern von einem unheimlichen Licht, wie Mondlicht, das in einen dunklen Keller fällt. Es blickte ihm nicht wild entgegen, oder zornig, sondern sah Scrooge an, wie Marley ihn gewöhnlich angesehen hatte, die gespensterhafte Brille auf die gespenstige Stirn hinaufgeschoben. Das Haar stand ihm seltsam zu Berge, wie von heißer Luft gesträubt, und obwohl die Augen weit offen standen, waren sie doch ohne jede Bewegung. Dies und die leichenblasse Farbe machten das Gesicht schrecklich. Aber diese Schrecklichkeit schien eher etwas dem Gesicht Aufgezwungenes zu sein und nicht das Wesentliche an ihm.

Als Scrooge fest auf die Erscheinung blickte, da sah er wieder einen Türklopfer.

Es wäre eine Unwahrheit, zu sagen, er sei nicht erschrocken oder ihn habe kein grausiges Gefühl durchzuckt, wie seit seiner Kindheit nicht mehr. Aber er nahm sich zusammen, fasste mit der Hand abermals nach dem Schlüssel, drehte ihn um, trat in das Haus und zündete sein Licht an.

Und doch zögerte er, bevor er die Tür schloss, und spähte vorsichtig dahinter, als fürchtete er wirklich, vom Anblick von Marleys Zopf erschreckt zu werden. Aber hinter der Tür war nichts als die Schrauben, die den Klopfer festhielten, und so sagte er: „Bah, bah“, und warf sie hinter sich zu.

Der Schall klang wie Donner durchs Haus. Jedes Zimmer oben und jedes Fass in des Weinhändlers Keller unten schien mit seinem besonderen Echo zu antworten. Scrooge war nicht der Mann, der sich durch Echos erschrecken ließ. Er schloss die Tür, ging über den Hausflur und die Treppe hinauf, aber langsam, sehr langsam, und beim Hinaufgehen machte er das Licht heller.

Man mag behaupten, dass sich's mit einer großen Kutsche die stattliche alte Treppe hinaufkommen ließe; ich sage aber, dass man mit einem Leichenwagen, und zwar der Quere nach, mit der Deichsel nach der Wand und mit der Tür nach dem Geländer zu, diese Treppe auch hinaufgekommen wäre, und zwar ganz bequem. Und das ist vielleicht die Ursache, warum Scrooge glaubte, er sähe einen Leichenwagen vor sich hinaufpoltern. Ein halbes Dutzend Gaslampen von der Straße hätten den Eingang nicht hell genug gemacht, und so kann man sich denken, dass es bei Scrooges kleiner Lampe ziemlich dunkel blieb.

Scrooge aber ging hinauf und kümmerte sich keinen Pfifferling um all das. Dunkelheit ist billig, und Scrooge liebte das Billige. Aber bevor er seine schwere Tür zumachte, ging er durch die Zimmer,

um zu sehen, ob alles in Ordnung sei. Dafür erinnerte er sich an das Gesicht noch gut genug.
Wohnzimmer, Schlafzimmer, Rumpelkammer, alles war, wie es sein sollte. Niemand unter dem Tisch, niemand unter dem Sofa; ein kleines Feuer, Löffel und Teller bereit und das kleine Töpfchen Haferschleim auf dem Feuer. Niemand unter dem Bett, niemand in seinem Schlafrock. Letzterer hing aber auf eine ganz verdächtige Weise an der Wand. Die Rumpelkammer wie gewöhnlich. Ein alter Kaminschirm, alte Schuhe, zwei Fischkörbe, ein dreibeiniger Waschtisch und ein Schürhaken.
Vollkommen zufrieden gestellt machte er die Tür zu, schloss sich ein und schob noch den Riegel vor, was er sonst gewöhnlich nicht tat. Derart vor Überraschungen bewahrt legte er seinen Mantel ab, zog seinen Schlafrock und die Pantoffeln an, setzte die Nachtmütze auf und nahm dann vor dem Feuer Platz, um seinen Haferschleim zu essen.
Es war wirklich ein sehr kleines Feuer, in einer so kalten Nacht – so gut wie gar keins. Er musste sich dicht daran setzen und darüber beugen, um auch nur das kleinste Wärmegefühl von dieser Handvoll Kohlen zu spüren. Der Kamin war vor langen Jahren von einem holländischen Kaufmann gebaut worden und ringsum mit seltsamen holländischen Fliesen mit Bildern aus der biblischen Geschichte bestückt. Da sah man Kain und Abel, Pharaos Töchter, die Königin von Saba, Engel auf Wolken

durch die Luft herabschwebend, Abraham, Belsazar, die Apostel und hundert andere Figuren. Sie alle sollten Scrooges Gedanken beschäftigen, und doch kam das Gesicht Marleys ihm wieder in den Sinn und verschlang alles andere. Wenn jede glänzende Fliese weiß gewesen wäre und die Macht gehabt hätte, aus seinen Gedanken ein Bild auf ihre Fläche zu zaubern, auf jeder wäre ein Abbild von Marleys Gesicht erschienen.

„Dummes Zeug!“, brummte Scrooge und stand auf.

Nachdem er einige Male im Zimmer auf und ab gegangen war, setzte er sich wieder. Als er den Kopf in den Stuhl zurücklegte, fiel sein Blick wie durch Zufall auf eine Klingel, eine alte, nicht mehr gebrauchte Klingel, die zu einem jetzt vergessenen Zweck mit einem Zimmer im obersten Stockwerk des Hauses in Verbindung stand. Zu seinem großen Erstaunen und mit einem seltsamen, unbeschreiblichen Schauer sah er, wie die Klingel sich zu bewegen begann: Erst bewegte sie sich so wenig, dass sie kaum einen Ton von sich gab, aber bald schellte sie laut und mit ihr jede andere Klingel des Hauses.

Das mochte eine halbe Minute gedauert haben, oder eine ganze, aber es kam ihm vor wie eine Stunde. Die Klingeln hörten so gleichzeitig auf, wie sie gleichzeitig angefangen hatten. Dann vernahm man ein Rasseln tief unten, als ob jemand über die Fässer im Keller des Weinhändlers eine schwere

Kette schleppe. Scrooge erinnerte sich gehört zu haben, dass Gespenster Ketten mit sich trugen.
Die Kellertür flog mit einem dumpfdröhnenden Krach auf, und dann hörte er das Klirren viel lauter im Hausflur unten, dann wie es die Treppe herauf – und dann wie es gerade auf seine Tür zukam.
„Das ist dummes Zeug“, sagte Scrooge. „Ich glaube einfach nicht dran.“
Aber er wechselte doch die Farbe, als es nun ohne zu verweilen durch die schwere Tür und in das Zimmer kam. Als es hereintrat, flammte das verlöschende Feuer auf, als riefe es: Ich kenne ihn, das ist Marleys Geist!, dann sank es wieder zusammen. Dasselbe Gesicht, ganz dasselbe! Marley mit seinem Zopf, seiner Weste, den engen Hosen und hohen Stiefeln, deren Schnürsenkel in die Höhe standen wie sein Zopf, und ebenso seine Rockschöße und das Haar auf seinem Kopf. Die Kette, die er hinter sich herschleppte, war um seinen Leib geschlungen. Sie war lang, ringelte sich wie ein Schwanz und war (Scrooge betrachtete sie sehr genau) aus Geldkassen, Schlüsseln, Schlössern, Hauptbüchern, Verträgen und schweren Börsen aus Stahl zusammengesetzt. Sein Körper war so durchsichtig, dass Scrooge durch die Weste hindurch die zwei Knöpfe hinten an seinem Rock sehen konnte.
Scrooge hatte oft sagen gehört, Marley habe kein Herz, aber erst jetzt glaubte er es.

Nein, er glaubte es selbst jetzt noch nicht. Obwohl er das Gespenst durch und durch und vor sich stehen sah, obwohl er den eiskalten Schauer seiner totenstarren Augen fühlte und selbst den Stoff des Tuches erkannte, das ihm um Kopf und Kinn gebunden war und das er vorher nicht bemerkt hatte, war er dennoch ungläubig und sträubte sich gegen das, was er vor sich sah.

„Nun“, sagte Scrooge, scharf und kalt wie gewöhnlich, „was willst du?“

„Viel!“ Das war Marleys Stimme.

„Wer bist du?“

„Frag mich, wer ich war.“

„Nun, wer warst du?“, fragte Scrooge lauter. „Für einen Schatten bist du ja sonderbar.“

„Als ich lebte, war ich dein Geschäftspartner, Jacob Marley.“

„Kannst du dich setzen?“, fragte Scrooge und sah ihn zweifelnd an.

„Ich kann es“, sagte das Gespenst und nahm Platz. Scrooge fragte nur, weil er nicht wusste, ob sich ein so durchsichtiger Geist setzen könne, und er fürch-

tete die Notwendigkeit einer peinlichen Erklärung, wenn es ihm nicht möglich wäre.
„Du glaubst nicht an mich?", fragte der Geist.
„Nein", sagte Scrooge.
„Welchen Beweis, außer dem deiner eigenen Augen, willst du von meiner Wirklichkeit haben?"
„Ich weiß nicht", sprach Scrooge.
„Warum traust du deinen Augen nicht?"
„Weil sie von der geringsten Kleinigkeit gestört werden", entgegnete Scrooge. „Schon die Kleinste Unpässlichkeit des Magens macht sie zu Lügnern. Du kannst ein unverdautes Stück Rindfleisch, ein

Käserindchen, ein Stückchen schlechte Kartoffeln sein. Wer du auch sein magst, du bist bestimmt noch ungenießbarer, als du aussiehst."

Es war nicht eben Scrooges Gewohnheit, Witze zu machen, auch fühlte er gerade jetzt keine besondere Lust dazu. Die Wahrheit ist, dass er sich bemühte lustig zu sein, um sich zu erleichtern und sein Entsetzen zu bekämpfen, denn die Stimme des Geistes drang ihm eisig in die Knochen.

Diesen starren toten Augen nur einen Augenblick schweigend gegenüberzusitzen, wäre unerträglich gewesen, das fühlte Scrooge wohl. Auch dass das Gespenst seine eigene höllische Atmosphäre hatte, war so Grauen erregend. Scrooge fühlte sie nicht selbst, aber doch musste es so sein; denn obgleich das Gespenst ganz regungslos dasaß, wehten sein Haar und seine Rockschöße wie in einem unheimlichen Wind.

„Du siehst dieses Stück Zahnstocher", sprach Scrooge, das Gespräch aus dem eben angeführten Grunde wieder aufgreifend und von dem Verlangen getrieben, den starren, eisigen Blick des Gespenstes, wenn auch nur für einen Augenblick, von sich abzulenken.

„Ja", antwortete der Geist.

„Du schaust es ja gar nicht an", sagte Scrooge.

„Aber ich sehe es trotzdem", sprach das Gespenst.

„Na gut", antwortete Scrooge. „Ich brauche es nur hinunterzuschlucken, und mein ganzes übriges

Leben hindurch verfolgt mich eine Legion Kobolde, die ich selbst erschaffen habe. Dummes Zeug, sag ich, dummes Zeug!"

Bei diesen Worten stieß das Gespenst einen markerschütternden Schrei aus und ließ seine Kette so Grauen erregend und fürchterlich klirren, dass sich Scrooge an seinem Stuhl festhalten musste, um nicht ohnmächtig herunterzufallen. Aber wie steigerte sich sein Entsetzen erst, als das Gespenst das Tuch vom Kopf nahm, als wäre es ihm zu warm im Zimmer, sodass der Unterkiefer auf die Brust herunterklappte.

Scrooge fiel auf die Knie nieder und schlug die Hände vors Gesicht.

„Erbarmen!", rief er. „Schreckliche Erscheinung, warum verfolgst du mich?"

„Du armseliger Mensch mit deinem irdisch gesinnten Verstand", entgegnete der Geist, „glaubst du an mich oder nicht?"

„Ich glaube", sagte Scrooge, „ich muss glauben. Aber warum wandeln Geister auf Erden, und warum kommen sie zu mir?"

„Von jedem Menschen wird verlangt, dass seine Seele unter seinen Mitmenschen wandle, in die Ferne und in die Nähe", antwortete der Geist. „Und wenn die Seele das nicht während des Lebens tut, dann ist sie verdammt, es nach dem Tode zu tun. Man ist verdammt, durch die Welt zu wandern – ach, weh mir! – und zu sehen, was man nicht teilen kann, was man aber auf Erden hätte teilen können und zu seinem Glück wenden sollen."

Und wieder stieß das Gespenst einen fürchterlichen Schrei aus, rasselte mit seinen Ketten und rang die schattenhaften Hände.

„Du bist gefesselt", sagte Scrooge zitternd. „Sag mir, warum?"

„Ich trage die Kette, die ich während meines Lebens geschmiedet habe", sprach der Geist. „Ich schmiedete sie Glied für Glied und Meter für Meter. Mit meinem eigenen freien Willen habe ich sie mir aufgeladen, und mit meinem eigenen freien Willen trug ich sie. Ihre Glieder kommen dir seltsam vor?"

Scrooge zitterte mehr und mehr.

„Oder willst du wissen", fuhr der Geist fort, „wie schwer und wie lang die Kette ist, die du selber trägst? Vor sieben Weihnachten war sie gerade so lang und so schwer wie diese hier. Seitdem hast du daran gearbeitet! Es ist eine schwere Kette."

Scrooge sah auf den Boden hinab, in der Erwartung, sich von seiner eigenen Eisenkette umschlungen zu sehen; aber er sah nichts.

„Jacob", sagte er flehend. „Jacob Marley, sag mir mehr. Sprich mir doch Trost zu, Jacob."

„Ich habe keinen Trost zu geben", antwortete der Geist. „Er kommt woanders her, Ebenezer Scrooge, und wird von andern Boten zu den Menschen gebracht. Auch kann ich dir nicht sagen, was ich dir sagen möchte. Ein klein wenig mehr ist alles, was mir erlaubt ist. Nirgends kann ich rasten oder ruhen. Mein Geist ging nie über unser Büro hinaus – hör gut zu –, im Leben blieb mein Geist immer in den engen Grenzen unserer raffgierigen Höhle, und weite Reisen liegen noch vor mir."

Scrooge hatte die Gewohnheit, die Hand in die Hosentasche zu stecken, wenn er nachdenklich wurde. Über das nachsinnend, was der Geist sagte, tat er es auch jetzt, aber ohne die Augen zu erheben oder vom Stuhl aufzustehen.

„Du musst dir aber viel Zeit gelassen haben, Jacob", bemerkte er im Ton eines Geschäftsmannes, obgleich mit viel Demut und Ehrerbietung.

„Viel Zeit!", wiederholte der Geist.

„Sieben Jahre tot", sagte Scrooge hintergründig. „Und die ganze Zeit über gereist."

„Die ganze Zeit", sagte der Geist. „Ohne Frieden, ohne Ruhe und mit den Qualen ewiger Reue."

„Und du bewegst dich sehr schnell fort, nicht wahr?", fragte Scrooge.

„Auf den Schwingen des Windes", sagte der Geist.

„Da hättest du aber in sieben Jahren schon eine große Strecke bereisen können ...", begann Scrooge.

Als der Geist das hörte, stieß er wieder einen Schrei aus und klirrte so grässlich mit seiner Kette durch die Totenstille der Nacht, dass ihn die Polizei mit vollem Recht wegen Ruhestörung hätte verhaften können. „Oh, jedem christlichen Geist wird dieses Erdenleben zu kurz sein, um alles Nützliche zu tun, das er tun könnte. Gefangen und gefesselt wird derjenige sein, der das nicht weiß. Es gehört viel dazu, dass sich das Gute, das in jedem steckt, entwickeln kann. Aber ich wusste es nicht! Ach, ich wusste es nicht!

„Aber du warst immer ein guter Geschäftsmann, Jacob", stotterte Scrooge zitternd, der jetzt anfing, das Schicksal des Geistes auf sich selbst zu beziehen.

„Geschäft!", schrie das Gespenst entsetzt. „Die Menschen hätten mein Geschäft sein sollen! Das allgemeine Wohl hätte mein Geschäft sein sollen! Barmherzigkeit, Versöhnung und Liebe, alles das hätte mein Geschäft sein sollen! Alles, was ich in meinem gierigen Leben tat, war nur ein kleiner Tropfen Wasser im weiten Ozean meines eigentlichen Geschäfts!"

Er hielt seine Kette traurig vor sich, als ob sie die Ursache seines mühseligen Schmerzes gewesen wäre, und warf sie wieder dumpfdröhnend hin, voller Verzweiflung, sie nicht endlich loswerden zu können.

„Wenn das Jahr zu Ende geht", sagte das Gespenst, „leide ich am meisten. Warum ging ich mit zu Boden gesenktem Blick an meinen Mitmenschen vorbei und sah nie zu dem gesegneten Stern empor, der die Weisen nach Bethlehem führte? Gab es denn hier keine arme Hütte, wohin mich sein Licht hätte leiten können?"

Scrooge hörte mit Entsetzen das Gespenst so reden und fing an, gewaltig zu zittern.

„Höre mich", mahnte der Geist. „Meine Zeit ist halb vorbei."

„Ich höre", hauchte Scrooge. „Aber mach es gnädig mit mir! Werde nicht hitzig, Jacob, ich bitte dich."

„Wie es kommt, dass ich in einer dir sichtbaren Gestalt vor dich treten kann, das weiß ich nicht. Viele, viele Tage habe ich unsichtbar neben dir gesessen."

Das war kein angenehmer Gedanke. Scrooge schauderte und wischte sich den Schweiß von der Stirn.

„Es ist kein leichter Teil meiner Buße", fuhr der Geist fort. „Heute Nacht komme ich zu dir, um dich zu warnen, da du noch die Möglichkeit hast, meinem Schicksal zu entgehen. Eine Möglichkeit und eine Hoffnung, die du mir zu verdanken hast."

„Du bist immer mein guter Freund gewesen", murmelte Scrooge. „Ich danke dir."

„Drei Geister", fuhr das Gespenst fort, „werden zu dir kommen." Bei diesen Worten wurde Scrooges Gesicht fast so unglücklich wie das des Gespenstes.

„Sind sie die Möglichkeit und die Hoffnung, die

du genannt hast, Jacob?“, fragte er mit bebender Stimme.

„Ja.“

„Ich – ich möchte lieber nicht“, sagte Scrooge.

„Ohne ihr Kommen“, sagte der Geist, „kannst du nicht hoffen, dass es dir besser ergehen wird als mir. Erwarte den ersten morgen früh, wenn die Glocke eins schlägt.“

„Könnte ich sie nicht alle miteinander hinter mich bringen?“, meinte Scrooge.

„Erwarte den zweiten in der nächsten Nacht um dieselbe Stunde. Den dritten in der darauffolgenden Nacht, wenn der letzte Schlag der zwölften Stunde verklungen ist. Schau mich an, denn du siehst mich nicht wieder. Und schau mich an, damit du dich um deinetwillen an das erinnerst, was zwischen uns vorgefallen ist.“

Als es diese Worte gesprochen hatte, nahm das Gespenst das Tuch vom Tisch und band es sich wieder um den Kopf. Scrooge merkte es am Geräusch der Zähne, als die Kinnladen zusammenklappten. Er wagte, die Augen zu erheben, und sah seinen übernatürlichen Besuch vor sich stehen, die Augen noch starr auf ihn geheftet und die Kette um Leib und Arme gewunden.

Die Erscheinung entfernte sich rückwärts, und bei jedem Schritt öffnete sich das Fenster ein wenig, sodass es weit offen stand, als das Gespenst es erreichte. Es winkte Scrooge, näher zu kommen, und

er tat es. Als sie noch zwei Schritte voneinander entfernt waren, hob Marleys Geist die Hand und gebot ihm, nicht näher zu kommen. Scrooge stand still. Mehr aus Überraschung und Furcht, als aus Gehorsam, denn als sich die gespenstige Hand hob, hörte er auf einmal etwas. Es waren verwirrte Klänge, die durch die Luft schwirrten, und unzusammenhängende Töne der Klage und des Leides, unsäglich schmerzlich und reuevoll. Das Gespenst hörte eine Weile zu und stimmte dann in das Klagelied ein. Dann schwebte es in die dunkle kalte Nacht hinaus.
Scrooge trat an das Fenster, von Neugier überwältigt. Er sah hinaus.
Die Nacht war voller Schatten, die in ruheloser Hast klagend hin und her schwebten. Jeder trug eine Kette wie Marleys Geist. Einige wenige waren zusammengeschmiedet, keiner war ganz ohne Fesseln. Viele hatte Scrooge während ihres Lebens gekannt. Sehr gut hatte er einen alten Geist in einer weißen Weste gekannt, der einen ungeheuren eisernen Geldschrank hinter sich herschleppte. Er schrie erbärmlich, einer armen, alten Frau mit einem Kind nicht helfen zu können, die unten auf einer Türschwelle saß. Man sah es deutlich, die Qual dieser Geister war, sich umsonst bemühen zu müssen, den Menschen Gutes zu tun, denn sie hatten die Macht dazu auf immer verloren.
Ob diese Wesen in dem Nebel zergingen oder ob

der Nebel sie einhüllte, wusste Scrooge nicht zu sagen. Aber sie und ihre Gespensterstimmen vergingen gleichzeitig, und die Nacht wurde wieder so, wie sie auf seinem Nachhauseweg gewesen war.
Scrooge schloss das Fenster und untersuchte die Tür, durch die das Gespenst eingetreten war. Sie war noch verschlossen und verriegelt wie vorher. Er versuchte zu sagen: „Dummes Zeug“, blieb aber schon bei der ersten Silbe stecken. Aufgewühlt von seinem Erlebnis und von den Anstrengungen des Tages erschöpft, ging er ins Bett, ohne sich auszuziehen, und sank sofort in Schlaf.

Zweite Strophe

Der erste Geist

Als Scrooge wieder erwachte, war es so finster, dass er das Fenster kaum von den Wänden seines Zimmers unterscheiden konnte. Er bemühte sich, die Finsternis mit seinen Katzenaugen zu durchdringen, als die Glocke eines Turmes in der Nähe mit vier Schlägen die volle Stunde ankündigte. Er lauschte, um die Stundenschläge zu hören.
Zu seinem großen Erstaunen schlug die Glocke fort, von sechs zu sieben, von sieben zu acht und so weiter bis zwölf. Dann schwieg sie.
Zwölf! Es war nach zwei Uhr gewesen, als er sich zu Bett gelegt hatte. Das Uhrwerk musste falsch gehen.
Ein Eiszapfen musste zwischen die Räder gekommen sein. Zwölf!
Er drückte an die Feder seiner Repetieruhr, um die verrückte Glocke zu kontrollieren. Ihr kleiner lebhafter Puls schlug zwölf und schwieg.

„Was? Das ist doch nicht möglich!", rief Scrooge. „Ich soll den ganzen Tag und bis tief in die andere Nacht hinein geschlafen haben? Es kann doch nicht sein, dass der Sonne etwas passiert und es mittags um zwölf ist?"

Mit diesen unruhigen Gedanken beschäftigt, stieg er aus dem Bett und tappte ans Fenster. Er musste das Eis erst wegkratzen und das Fenster mit dem Ärmel seines Schlafrockes abwischen, ehe er etwas sehen konnte. Alles, was er bemerkte, war, dass es noch sehr neblig und sehr kalt war und dass man nicht den Lärm hin und her eilender Leute hörte, was doch gewiss vernehmbar gewesen wäre, wenn die Nacht plötzlich den hellen Tag vertrieben und von der Welt Besitz genommen hätte.

Scrooge legte sich wieder ins Bett und dachte darüber nach, konnte aber zu keinem Schluss kommen. Je mehr er nachdachte, desto verwirrter wurde er, und als er sich bemühte, nicht mehr nachzudenken, grübelte er nur umso mehr. Marleys Geist machte ihm viel zu schaffen. Immer, wenn er nach reiflicher Überlegung zu dem festen Entschluss gekommen war, das Ganze nur für einen Traum zu halten, schnellte sein Geist wie eine starke Feder wieder in die alte Lage zurück und stellte ihm erneut dieselbe Frage, die er schon zehnmal hin und her überlegt hatte: „War es ein Traum oder nicht?"

Scrooge blieb in diesem Zustand liegen, bis es wieder drei Viertel schlug. Da besann er sich plötzlich,

dass der Geist ihm eine Erscheinung um ein Uhr versprochen hatte. So beschloss er, wach zu bleiben, bis die Stunde vorüber sei, und wenn man bedenkt, dass er ebenso wenig schlafen, als in den Himmel kommen konnte, war dies gewiss der klügste Entschluss, den er fassen konnte.
Die Viertelstunde war so lang, dass es ihm mehr als einmal vorkam, er müsse unversehens in Schlaf gefallen sein und die Uhr überhört haben. Endlich vernahm sein lauschendes Ohr die Glocke.
„Bim, bam!“
„Ein Viertel“, sagte Scrooge zählend.
„Bim, bam!“
„Halb“, sagte Scrooge.
„Bim, bam!“
„Drei Viertel“, sagte Scrooge.
„Bim, bam!“
„Die volle Stunde!“, rief Scrooge zufrieden. „Und es passiert weiter nichts!“
Er sprach das, ehe die Stundenglocke schlug, was sie jetzt mit einem tiefen, dumpfen Klang tat. In demselben Augenblick wurde es hell im Zimmer, und die Vorhänge um sein Bett wurden geöffnet.
Ich sage euch, die Vorhänge um sein Bett wurden von einer Hand weggezogen, und als Scrooge sich aufrichtete, blickte er dem unirdischen Gast, der sie geöffnet hatte, ins Gesicht. Er stand ihm so dicht gegenüber, wie ich jetzt im Geist neben euch stehe.

Es war eine sonderbare Gestalt, gleich einem Kind, aber doch eigentlich nicht wie ein Kind, sondern mehr wie ein Greis, der durch einen wunderbaren Zauber erschien, als sei er so klein wie ein Kind. Sein Haar, das in langen Locken auf seine Schultern herabwallte, war weiß, wie vom Alter, und dennoch hatte das Gesicht keine einzige Runzel, und um das Kinn bemerkte man nicht den zartesten Flaum. Die Arme waren lang und muskulös, die Hände ebenso, als läge in ihnen eine ungeheure Kraft. Seine Füße, zart und fein geformt, waren nackt. Der Geist trug einen strahlend weißen Umhang. Um seinen Leib schlang sich ein Gürtel von wunderbarem Glanz. Er hielt einen Stechpalmenzweig in der Hand. Aber in seltsamem Widerspruch zu diesem Zeichen des Winters war das Gewand mit Sommerblumen verziert. Das Sonderbarste aber war, dass von seinem Scheitel ein heller Lichtstrahl ausging, der alles ringsum erleuchtete.
Aber auch das war nicht seine seltsamste Eigenschaft: Denn wie der Gürtel des Geistes bald an dieser Stelle glänzte und funkelte und bald an jener, und wie das, was im Augenblick hell gewesen war, plötzlich dunkel wurde, so verwandelte sich auch die Gestalt selbst: Bald war es ein Ding mit einem Arm, bald mit einem Bein, bald mit zwanzig Beinen, bald sah man nur zwei Füße ohne Kopf, bald einen Kopf ohne Leib; und wie einer dieser Teile verschwand, blieb keine Spur von ihm in dem

dichten Dunkel zurück, das ihn verschlang. Und das größte Wunder dabei war: Die Gestalt blieb immer dieselbe.

„Bist du der Geist, dessen Erscheinung mir vorhergesagt wurde?“, fragte Scrooge.

„Ich bin es.“

Die Stimme war sanft, wohlklingend und so leise, als käme sie nicht aus nächster Nähe, sondern aus einiger Entfernung.

„Wer und was bist du?“, fragte Scrooge, schon etwas mehr Mut fassend.

„Ich bin der Geist der vergangenen Weihnacht.“

„Einer lange vergangenen?“, fragte Scrooge, seiner zwerghaften Gestalt gedenkend.

„Nein, deiner vergangenen.“

Vielleicht hätte Scrooge, wenn ihn jemand gefragt hätte, nicht sagen können, warum, aber doch fühlte er ein ganz besonderes Verlangen, den Geist unter dem Hut zu sehen, den dieser bei sich hatte; und er bat ihn, sich zu bedecken.

„Was?", rief der Geist. „Willst du schon so bald das Licht, das ich spende, verlöschen? Ist es nicht genug, dass du einer von denen bist, deren Leidenschaften diesen Hut geschaffen haben und mich zwingen, durch lange, lange Jahre meine leuchtende Stirn damit zu verhüllen?"
Scrooge entschuldigte sich ehrfurchtsvoll, er habe nicht die Absicht gehabt, ihn zu beleidigen, und behauptete, nicht zu wissen, dass er auch nur einmal in seinem Leben dem Geist Ursache gegeben habe, sich zu bedecken. Dann fragte er, was der Geist wünsche und was ihn hierher führe?
„Dein Wohl", sagte der Geist.
Scrooge drückte ihm seine Dankbarkeit aus, konnte sich aber doch nicht des Gedankens erwehren, dass ihm eine Nacht ungestörten Schlafes mehr genützt hätte.
Der Geist musste seine Gedanken gelesen haben, denn er sagte sogleich: „Deine Besserung. Nimm dich in Acht!"
Er streckte seine starke Hand aus, als er dies sprach, und ergriff sanft seinen Arm.
„Steh auf und folge mir."
Scrooge wollte noch einwenden, das Wetter und die Uhrzeit seien schlecht geeignet zum Spazierengehen, das Bett sei warm und das Thermometer ein gutes Stück unter dem Gefrierpunkt, er sei nur leicht in Pantoffeln, Schlafrock und Nachtmütze gekleidet und habe gerade jetzt einen Schnupfen.

Dem Griff, war er auch sanft wie der einer Frauenhand, war nicht zu widerstehen. Scrooge stand auf, aber als er sah, dass der Geist auf das Fenster zuschwebte, fasste er ihn flehend am Gewand.
„Ich bin ein Sterblicher", sagte Scrooge, „und könnte fallen."
„Lass meine Hand dich hier berühren", sagte der Geist, indem er die Hand auf Scrooges Herz legte, „und du wirst größere Gefahren überwinden als diese hier."
Als er diese Worte gesprochen hatte, drangen die beiden durch die Wand und standen plötzlich im Freien auf der Landstraße, rings von Feldern umgeben. Die Stadt war ganz verschwunden. Keine Spur war mehr davon zu sehen. Die Dunkelheit und der Nebel waren mit ihr verschwunden, denn es war jetzt ein klarer, kalter Wintertag und es lag Schnee.
„Gütiger Himmel!", rief Scrooge, die Hände faltend, als er um sich blickte. „Hier wurde ich geboren. Hier lebte ich als Knabe."
Der Geist schaute ihn mit milden Blicken an. Seine sanfte Berührung, obgleich sie nur leise und flüchtig gewesen war, rührte noch immer das Herz des alten Mannes. Er fühlte, wie tausend Gerüche in der Luft lagen, jeder mit tausend Gedanken und Hoffnungen und Freuden und Sorgen verbunden, die lange, lange vergessen waren.
„Deine Lippen zittern", sagte der Geist. „Und was glänzt auf deiner Wange?"

Scrooge murmelte mit belegter Stimme, es sei nur eine Schneeflocke, und bat den Geist, ihn zu führen, wohin er wolle.

„Erinnerst du dich an den Weg?“, fragte der Geist.

„Ob ich mich erinnere?“, rief Scrooge mit Innigkeit. „Blind könnte ich ihn gehen!“

„Seltsam, dass du ihn so viele Jahre lang vergessen hast“, sagte der Geist. „Komm!“

Sie schritten den Weg entlang. Scrooge erkannte jedes Tor, jeden Pfahl, jeden Baum wieder, bis ein kleiner Ort in der Ferne mit seiner Kirche, seiner Brücke und dem kleinen Fluss erschien. Jetzt kamen einige Knaben auf zottigen Pferden auf sie zu, die anderen Knaben in ländlichen Wagen laut zuriefen.

„Dies sind nur Schatten der Dinge, die es damals gab,“ meinte der Geist, „sie wissen nichts von uns.“

Die fröhlichen Reisenden kamen näher, und Scrooge erkannte sie jetzt und konnte sie alle beim Namen nennen. Aber warum freute er sich über alle Maßen, sie zu sehen, warum wurden seine kalten Augen feucht, warum frohlockte sein Herz, als sie vorübereilten, warum wurde ihm warm, als sie sich an den Kreuzwegen verabschiedeten und einander fröhliche Weihnachten wünschten?

Was gingen denn Scrooge fröhliche Weihnachten an? Zum Henker mit den fröhlichen Weihnachten! Welchen Nutzen hatte er wohl jemals davon gehabt?

„Die Schule ist nicht ganz verlassen", fuhr der Geist fort. „Ein Kind, ein einsames Kind, sitzt noch dort."

Scrooge sagte, er wisse es. Und er schluchzte.

Sie bogen in einen wohl bekannten Feldweg ab und erreichten bald ein Haus aus dunkelrotem Backstein mit einem kleinen Türmchen auf dem Dach und einer Glocke drin. Es war ein großes Haus, jetzt aber vernachlässigt und ziemlich verwahrlost, weil die geräumigen Zimmer selten bewohnt waren, die Wände feucht und grün, die Fenster zerbrochen und die Türen morsch und halb zerfallen. Hühner gluckten und scharrten in den Ställen, und der Wagenschuppen war mit Gras überwachsen. Auch im Inneren war nichts übrig geblieben von seiner alten Pracht, denn als sie in den verödeten Hausflur eintraten und durch die offenen Türen in die vielen Zimmer blickten, sahen sie nur ärmlich ausgestattete, kalte, große Räume. Ein modriger Geruch lag in der Luft, und eine frostige Unbehaglichkeit von zu frühem Aufstehen bei Kerzenlicht und nicht allzu reichlichem Essen.

Der Geist ging mit Scrooge über den Hausflur zu einer Tür auf der Rückseite des Hauses. Sie öffnete sich vor ihnen und zeigte einen langen, kahlen, unbehaglichen Saal, den Reihen von einfachen hölzernen Bänken noch kahler und unbehaglicher machten.

Auf einer davon saß einsam ein Knabe neben einem schwachen Feuer und las. Und Scrooge setzte sich auf eine Bank nieder und weinte, als er sein eigenes, vergessenes Selbst sah, wie es in früheren Jahren gewesen war.

Kein dumpfer Widerhall in dem Haus, kein Rascheln der Mäuse hinter der Wandvertäfelung, kein Getröpfel des halb gefrorenen Brunnentrogs hinten im Hof, kein Seufzer in den blattlosen Zweigen einer verlassen trauernden Pappel, nicht das Knarren der vom Wind hin und her bewegten Tür des Vorratshauses im Hof, selbst nicht das Knistern des Feuers war für Scrooge verloren. Alles fiel auf sein Herz wie erweichende Töne und löste seine Tränen. Der Geist berührte seinen Arm und wies auf sein jüngeres, in ein Buch vertieftes Abbild. Plötzlich stand draußen vor dem Fenster ein Mann in fremdartiger Tracht, mit einer Axt im Gürtel, der einen mit Holz beladenen Esel am Zügel führte.

„Was? Das ist ja Ali Baba!", rief Scrooge voller Freude aus. „Es ist der alte, liebe, ehrliche Ali Baba. Ja, ja, ich weiß es noch. Einst zur Weihnachtszeit geschah es, dass dieser verlassene Knabe ganz allein hier saß und er zum ersten Male wirklich kam, gerade wie er dort steht. Der arme Junge! Auch Valentin", fuhr Scrooge fort, „und sein wilder Bruder Orson, dort gehen sie! Und wie heißt doch der, der mitten im Schlaf vor das Tor von Damaskus gesetzt wurde? Siehst du ihn nicht? Und der Stallmeister des Sultans, der von den bösen Geistern

auf den Kopf gestellt wurde, dort ist er ja auch! Ha, ha, es geschieht ihm schon recht! Was redete er sich auch ein, die Prinzessin heiraten zu wollen!"
Scrooge ernsthaft über solche Gegenstände reden zu hören, mit einer zwischen Lachen und Weinen schwankenden Stimme, und dann auch sein vor Freude aufgeregtes Gesicht zu sehen: das wäre für seine Geschäftspartner in London gewiss eine große Überraschung gewesen.

„Da ist ja auch der Papagei", rief Scrooge, „der mit dem grünen Bauch und dem gelben Schwanz, da ist er! Der arme Robinson, er rief ihn, als er von seiner Inselumsegelung wieder nach Hause kam ‚Robinson Crusoe, wo bist du gewesen?' Der glaubte, er träume, aber das war der Papagei. Ha, dort läuft Freitag in der kleinen Bucht."
Dann sagte er mit einem schnellen Wechsel der Gefühle, der seinem gewöhnlichen Charakter sehr fremd war: „Der arme Knabe!", und er weinte wieder. Dann wischte er sich mit dem Ärmel die Augen, steckte die Hand in die Tasche und murmelte: „Ich wünschte – aber jetzt ist es zu spät."

„Was willst du?“, fragte der Geist.
„Nichts“, sagte Scrooge, „nichts. Gestern Abend sang ein Knabe ein Weihnachtslied vor meiner Tür. Ich wünschte, ich hätte ihm etwas gegeben, weiter nichts.“
Der Geist lächelte gedankenvoll und winkte mit der Hand. Dann sagte er: „Lass uns ein anderes Weihnachtsfest sehen.“
Scrooges früheres Selbst wurde bei diesen Worten größer, und das Zimmer etwas finsterer und schwärzer, die Holzvertäfelung bekam Sprünge, die Fensterscheiben zerbarsten, Stücke des Kalkbewurfs fielen von der Decke, und das bloße Lattenwerk zeigte sich. Aber wie das alles geschah, wusste Scrooge ebenso wenig wie ihr. Er wusste nur, dass alles stimmte und sich ganz so zugetragen hatte und dass er's nun wieder war, der dort allein saß, während die andern Knaben nach Hause gereist waren zur fröhlichen Weihnachtsfeier.
Er las nicht, sondern ging wie in Verzweiflung im Zimmer auf und ab. Scrooge blickte den Geist an und schaute mit einem traurigen Kopfschütteln und in banger Erwartung nach der Tür.
Da ging sie auf, und ein kleines Mädchen, viel jünger als der Knabe, sprang herein, schlang die Arme um seinen Hals, küsste ihn und begrüßte ihn als ihren „lieben, lieben Bruder“.
„Ich komme, um dich mit nach Hause zu nehmen, lieber Bruder!“, sagte das Kind, fröhlich in die

Hände klatschend. „Dich mit nach Hause zu nehmen, nach Hause, nach Hause!"
„Nach Hause, liebe Fanny?", fragte der Knabe.
„Ja!", antwortete die Kleine in überströmender Freude. „Nach Hause und für immer! Der Vater ist so viel freundlicher als sonst, dass es bei uns wie im Himmel ist. Eines Abends, als ich zu Bett ging, sprach er so freundlich mit mir, dass ich mir ein Herz fasste und ihn fragte, ob du nicht nach Hause kommen dürftest – er sagte Ja und schickte mich im Wagen her, um dich zu holen. Du sollst jetzt ein freier Herr sein", sagte das Kind und blickte ihn bewundernd an, „und nicht mehr hierher zurückkehren. Aber erst sollen wir alle zusammen das Weihnachtsfest feiern und recht lustig sein."
„Du bist ja eine ordentliche Dame geworden, Fanny!", rief der Knabe aus.
Sie klatschte wieder in die Hände und lachte und versuchte, bis an seinen Kopf zu reichen: Aber sie war zu klein, lachte wieder und stellte sich auf die Zehen, um ihn zu umarmen. Dann zog sie ihn in kindlicher Ungeduld zur Tür, und er begleitete sie mit leichtem Herzen.
Eine schreckliche Stimme im Hausflur rief: „Bringt

Master Scrooges Koffer herunter!" Es war der Lehrer selbst, der Scrooge mit eiskalter Verachtung anstierte und ihm einen großen Schrecken versetzte, als er ihm die Hand drückte. Dann führte er ihn und seine Schwester in ein feuchtes, ekelhaftes Empfangszimmer, an dessen Wänden Landkarten und in dessen Fenster die Erd- und Himmelsgloben vor Kälte glänzten. Hier brachte er eine Flasche dünnen Wein und ein Stück harten Kuchen herbei und bewirtete die Kinder schonend sparsam mit diesen auserlesenen Leckerbissen. Auch schickte er eine hungrig aussehende Magd hinaus, um dem Postillion ein Gläschen anzubieten, wofür dieser aber mit den Worten dankte, wenn es von demselben Fass wie das vorige sei, möchte er lieber nicht kosten. Während dieser Zeit war Scrooges Koffer auf den Wagen gebunden worden, und die Kinder nahmen ohne Rührung von dem Schulmeister Abschied, setzten sich in den Wagen und fuhren so schnell zum Garten hinaus, dass Reif und Schnee wie Staub von den immergrünen Gebüschen weggefegt wurden.

„Sie war immer ein zartes Wesen, das von einem Hauch hätte verwelken können", sagte der Geist. „Aber sie hatte ein großes Herz."

„Ja, das hatte sie", rief Scrooge. „Da will ich nicht widersprechen, Geist. Gott verhüte es."

„Sie starb als Frau", sagte der Geist, „und hatte Kinder – glaube ich."

„Ein Kind“, antwortete Scrooge.
„Ja“, sagte der Geist. „Dein Neffe.“
Scrooge schien unruhig zu werden und antwortete kurz: „Ja.“
Obgleich sie die Schule kaum einen Augenblick hinter sich gelassen hatten, befanden sie sich doch plötzlich mitten in den lebendigsten Straßen der Stadt, wo schattenhafte Fußgänger vorübergingen, wo gespenstige Wagen und Kutschen um Platz stritten und wo das ganze wirre Leben einer wirklichen Stadt herrschte. An der Dekoration der Läden sah man, dass auch hier Weihnachten war. Aber es war Abend, und die Straßenlaternen brannten.
Der Geist blieb vor dem Eingang eines Lagerhauses stehen und fragte Scrooge, ob er dieses kenne.
„Ob ich es kenne?“, fragte Scrooge. „Hab ich hier nicht gelernt?“
Sie traten ein. Beim Anblick eines alten Herrn mit Perücke, der hinter einem so hohen Pult saß, dass er mit dem Kopf hätte an die Decke stoßen müssen, wäre er etwas größer gewesen, rief Scrooge in großer Aufregung: „Ha, das ist ja der alte Fezziwig. Gott segne ihn, es ist Fezziwig, wie er leibt und lebt!“
Der alte Fezziwig legte seine Feder hin und sah hinauf nach der Uhr. Er rieb die Hände, zog seine geräumige Weste gerade, schüttelte sich vor heimlichem Lachen von Kopf bis Fuß und rief mit einer

behäbigen, voll und doch mild tönenden heiteren Stimme: „Hallo! Ebenezer! Dick!“

Scrooges früheres Selbst, jetzt zu einem Jüngling geworden, trat geschwind herein, begleitet von seinem Mitlehrling.

„Dick Wilkins, wahrhaftig!“, sagte Scrooge zu dem Geist. „Wahrhaftig, er ist es. Er war mir sehr zugetan, der Dick. Der arme Dick! Du meine Güte!“

„Hallo, meine Burschen“, rief Fezziwig. „Feierabend heute. Weihnachten, Dick! Weihnachten, Ebenezer! Macht die Läden zu, schnell!“ Und er schlug munter die Hände zusammen.

Kaum zu glauben, wie rasch und fröhlich die beiden Jungen darangingen. Sie liefen mit den Läden hinaus – eins, zwei, drei – hatten sie sie eingesetzt – vier, fünf, sechs – sie zugeriegelt und zugeschraubt – sieben, acht, neun – und kamen zurück, ehe man zwölf sagen konnte, außer Atem, wie Rennpferde.

„Hussahoh!“, rief der alte Fezziwig, mit wunderbarer Geschicklichkeit von seinem hohen Sessel herunterspringend. „Aufräumen, Jungens, und macht viel Platz! Hussahoh, ihr beiden!“

Aufräumen! Es gab nichts, was sie nicht wegräumen sollten, wenn der alte Fezziwig zusah. Das war in einer Minute geschehen. Alles, was nicht niet- und nagelfest war, wurde in die Winkel geschoben, als sei es für immer aus dem öffentlichen Dienste entlassen. Der Flur wurde gekehrt, die Lampen ge-

putzt, Kohlen auf das Feuer geschüttet, und der Laden war so behaglich, so warm und hell wie ein Ballsaal und so gemütlich, wie man es sich an einem Winterabend nur wünschen konnte.
Jetzt trat ein Fiedler mit einem Notenbuch herein. Er kletterte auf Fezziwigs hohen Stuhl und begann die Geige zu stimmen, dass einem die Ohren schmerzten. Dann kam Mrs Fezziwig, ein einziges behagliches Lächeln. Dann kamen die drei Töchter Fezziwig, freudestrahlend und liebenswürdig. Dann kamen die sechs Jünglinge, deren Herzen sie brachen. Dann kamen die Burschen und Mädchen, die im Haus Dienst taten: das Hausmädchen mit ihrem Vetter, dem Bäcker und die Köchin mit dem besten Freund ihres Bruders, dem Milchmann. Dann kam der Bursche von gegenüber, von dem man sagte, er habe bei seinem Herrn knappe Kost. Er versuchte, sich hinter dem Mädchen aus dem Nachbarhaus zu verstecken. Sie kamen alle, einer nach dem andern: manche schüchtern, die anderen ausgelassen, und Letztere stürmten herein und zogen die anderen mit. Dann ging es los, sie tanzten alle auf einmal, eine halbe Runde hin und zurück, dann in die Mitte des Saals und wieder zurück, und dann in lustigen Gruppen sich drehend: das erste führende Paar immer an der falschen Stelle, das nächste Paar immer zur falschen Zeit, bis alle Paare den Tanz anführten und keines mehr dem anderen folgte. Als sie so weit gekom-

men waren, klatschte der alte Fezziwig in die Hände zum Zeichen, dass der Tanz aus sei, und rief „Bravo!“, und der Fiedler kühlte sein glühendes Gesicht mit einem gewaltigen Schluck Bier aus einem Krug, der zu diesem Zweck neben ihm stand. Derart erfrischt begann er sofort, obwohl noch keine Tänzer dastanden, wieder aufzuspielen, als sei der alte Fiedler erschöpft nach Hause getragen worden und er wäre ein ganz frischer, entschlossen, den alten in Grund und Boden zu fiedeln.

Dann folgten noch viele Tänze und Spiele und nachher wiederum Tänze. Es gab Kuchen und ein riesiges Stück kalter Braten, ein mächtiges Stück kaltes Siedfleisch, Fleischpasteten und Bier. Aber der Glanzpunkt des Abends kam nach dem Siedfleisch, als der Fiedler den Großvatertanz *Sir Roger de Coverley* zu spielen begann. Da trat der alte Fezziwig mit Mrs Fezziwig an, und zwar als das führende Paar. Sie hatten ein gutes Stück Arbeit vor sich, drei- oder vierundzwanzig Tanzpartner Leute, die wild und ausgelassen tanzen wollten und keine Lust hatten, vornehm zu stolzieren.

Aber selbst wenn es zweimal, ja viermal so viele gewesen wären, hätte es der alte Fezziwig mit ihnen aufgenommen und auch Mrs Fezziwig. Sie war im vollen Sinn des Wortes würdig, seine Tänzerin zu sein. Wenn das kein großes Lob ist, so sagt mir ein größeres, und ich will es aussprechen. Von ihrem Tanz schien ein eigener Glanz auszugehen. Sie

leuchteten in jedem Teil des Tanzes wie zwei Monde. Ihr hättet zu keiner Minute voraussagen können, was aus ihnen in der nächsten wird. Und als der alte Fezziwig und Mrs Fezziwig alle Figuren des Tanzes absolviert hatten, sprang Fezziwig hochelegant in die Luft und kam, ohne zu straucheln, sicher wieder zum Stehen.

Mit dem elften Glockenschlag war dieser häusliche Ball zu Ende. Mr und Mrs Fezziwig stellten sich zu beiden Seiten der Tür auf, schüttelten jedem einzelnen der Gäste die Hand zum Abschied und wünschten ihm oder ihr fröhliche Weihnachten.

Als alles, außer den zwei Lehrlingen, fort war, wünschten sie diesen das Gleiche. So waren die heiteren Stimmen verklungen, und die Burschen gingen in ihre Betten, die sich unter einem Ladentisch hinten im Lagerraum befanden.

Während dieser ganzen Zeit hatte sich Scrooge wie

ein Verrückter benommen. Sein Herz und seine Seele waren bei dem Ball und seinem früheren Selbst. Er bestätigte alles, erinnerte sich an alles, freute sich über alles und befand sich in der seltsamsten Aufregung. Erst als die fröhlichen Bekannten seines früheren Selbst und Dicks treues Gesicht verschwunden waren, dachte er daran, dass der Geist neben ihm stand und ihn anschaute, während das Licht auf seinem Haupt in voller Klarheit brannte.

„Es war doch eine Kleinigkeit", meinte der Geist, „diesen einfachen Leuten solche Dankbarkeit einzuflößen."

„Eine Kleinigkeit!", bestätigte Scrooge.

Der Geist bedeutete ihm, den beiden Lehrlingen zuzuhören, die sich gegenseitig zu übertreffen versuchten, Fezziwigs Weihnachtsball zu rühmen. Und als Scrooge das getan hatte, sprach der Geist: „Nun, ist es nicht so? Er hat nur ein paar Pfund ausgegeben; vielleicht drei oder vier. Ist das so der Rede wert, dass er solches Lob verdient?"

„Das ist's nicht", sagte Scrooge, von dieser Bemerkung gereizt und wie sein früheres, nicht wie sein jetziges Selbst sprechend. „Das ist's nicht, Geist. Er hat die Macht, uns glücklich oder unglücklich, unsere tägliche Arbeit zu einem Vergnügen oder zu einer Last, zu einer Freude oder zu einer Qual zu machen. Man könnte sagen, seine Macht liege in Worten und Blicken. In so unbedeutenden und kleinen Dingen, dass es unmöglich ist, sie aufzuzählen: Was schadet das? Das Glück, das er bereitet, ist so groß, als wenn es sein ganzes Vermögen kostete."

Er fühlte den Blick des Geistes und schwieg.

„Was gibt's?", fragte der Geist.

„Nichts, nichts", sagte Scrooge.

„Aber doch etwas, oder?", drängte der Geist.

„Nein", sagte Scrooge, „nein. Ich würde nur eben jetzt gern ein paar Worte mit meinem Sekretär sprechen. Das ist alles."

Sein früheres Selbst löschte gerade die Lampen aus, als er diesen Wunsch aussprach, und Scrooge und der Geist standen wieder im Freien.

„Meine Zeit geht zu Ende", sagte der Geist. „Schnell!"

Dieses letzte Wort war nicht zu Scrooge oder zu jemandem, den er sehen konnte, gesprochen, aber es wirkte sofort. Denn wieder sah Scrooge sich selbst. Er war jetzt älter geworden – ein Mann in der Blüte seiner Jahre. Sein Gesicht hatte noch nicht die schroffen, rauen Züge wie später, aber schon begann es Anzeichen der Sorge und des Geizes anzunehmen. In seinem Auge brannte ein ruheloses, habgieriges Feuer. Die Habsucht hatte in ihm Wurzeln geschlagen, und auf seinem Gesicht zeigte sich schon der Schatten des daraus wachsenden knorrigen Baumes.

Er war nicht allein, sondern saß neben einem schönen jungen Mädchen in Trauerkleidern. In ihren Augen standen Tränen, die in dem Licht glänzten, das von dem Geist der vergangenen Weihnachten ausging.

„Es ist ohne Bedeutung“, sagte sie sanft, „und für dich von gar keiner. Ein anderes Götzenbild hat mich verdrängt. Und wenn es dich in späterer Zeit trösten und aufrechterhalten kann, wie ich es versucht hätte, so habe ich keinen Grund zu klagen.“

„Welches Götzenbild soll dich verdrängt haben?“, erwiderte er.

„Ein goldenes.“

„Das ist mal wieder die Gerechtigkeit der Welt!“, sagte er. „Gegen nichts ist sie so hart als gegen die Armut. Und nichts tadelt sie unnachsichtiger als das Streben nach Reichtum.“

„Du fürchtest das Urteil der Welt zu sehr“, antwortete sie sanft. „Alle deine andern Hoffnungen sind in der einen aufgegangen. Ich habe deine edleren Ziele eines nach dem anderen verschwinden sehen, bis dich ganz die eine Leidenschaft, die Gier nach Gold, erfüllte. Ist es nicht so?“

„Und wenn es so wäre?“, antwortete er. „Wenn ich so viel klüger geworden wäre, was dann? Gegen dich bin ich nie anders geworden.“

Sie schüttelte den Kopf.

„Bin ich anders?“

„Unsere Liebe ist alt. Sie begann, als wir beide arm waren und zufrieden, wenn wir unsere Lage durch

Ausdauer und Fleiß verbessern konnten. Du hast dich aber verändert! Damals, als wir uns verliebten, warst du ein anderer Mensch."

„Ich war ein Junge", sagte er ungeduldig.

„Dein eigenes Gefühl sagt dir, dass du nicht so warst, wie du jetzt bist", antwortete sie. „Ich bin noch dieselbe. Das, was uns Glück versprach, als wir noch ein Herz und eine Seele waren, muss sich zum Unglück wenden, da wir im Geiste nicht mehr eins sind. Wie oft und wie bitter ich dies gefühlt habe, will ich nicht sagen. Es ist genug, dass ich es gefühlt habe und dass ich dir dein Versprechen, mich zu heiraten, wieder zurückgeben kann."

„Habe ich dies jemals verlangt?"

„In Worten? Nein. Niemals."

„Wie dann?"

„Durch ein verändertes Wesen, durch einen andern Sinn, durch andere Ziele im Leben und durch andere Hoffnungen – in allem, was meiner Liebe in deinen Augen Wert gab. Wenn alles Frühere nicht zwischen uns geschehen wäre", sagte das Mädchen, ihn mit sanftem, aber festem Blicke ansehend, „würdest du dann nun zu mir kommen und mich zur Freundin haben wollen? Gewiss nicht!"

Er sah die Wahrheit ihrer Worte wider seinen Willen ein, aber er tat seinen Gefühlen Gewalt an und sagte: „Du glaubst nicht?"

„Gern glaubte ich es, wenn ich könnte", sagte sie, „Gott weiß es. Aber soll ich glauben, dass du ein armes Mädchen wählen würdest, wenn du heute oder morgen oder gestern frei wärst, du, der selbst in den vertrautesten Stunden alles nach dem Gewinn misst? Oder soll ich mir verhehlen, dass es dir gewiss einmal Leid tut, weil du für einen Augenblick deinem einzigen leitenden Grundsatz untreu wurdest, mit allem immer nur Geld zu verdienen? Nein, und deswegen gebe ich dir dein Versprechen zurück: aus Liebe zu dem, der du einst warst.“

Er wollte sprechen, aber sie fuhr mit abgewandtem Gesicht fort:

„Vielleicht – der Gedanke an die Vergangenheit lässt es mich fast hoffen – wird es dir Leid tun. Eine kurze, sehr kurze Zeit, und du wirst dann die Erinnerung daran fallen lassen, wie die Gedanken an einen unbedeutenden Traum, aus dem zu erwachen ein Glück für dich war. Möge dich alles Glück auf dem von dir gewählten Lebensweg begleiten!“

Sie schieden.

„Geist“, sagte Scrooge, „zeig mir nichts mehr, führ mich nach Hause. Warum freust du dich, mich zu quälen?“

„Noch einen Schatten“, rief der Geist.

„Nein“, rief Scrooge. „Nein. Ich kann nichts mehr ertragen. Zeig mir nichts mehr.“

Aber der erbarmungslose Geist hielt ihn mit beiden Händen fest und zwang ihn, zu betrachten, was als Nächstes geschah.

Sie befanden sich an einem andern Ort, in einem

Zimmer, nicht sehr groß oder schön, aber voller Behaglichkeit. Neben dem Kamin saß ein schönes junges Mädchen, das dem, das Scrooge gerade gesehen hatte, so ähnlich war, dass er glaubte, es sei dasselbe. Aber diese, jetzt eine stattliche Frau, sah er nun ihrer Tochter gegenübersitzen. In dem Zimmer war ein wahrer Aufruhr, denn es befanden sich mehr Kinder darin, als Scrooge in seiner Aufregung zählen konnte; und jedes Kind benahm sich wie zehn ungezogene Kinder gleichzeitig. Die Folge davon war ein Lärm sondergleichen. Aber niemand schien sich darüber aufzuregen. Im Gegenteil, Mutter und Tochter lachten herzlich und freuten sich darüber, und die Letztere, die sich manchmal in die Spiele mischte, wurde von den kleinen Schelmen gar grausam mitgenommen. Was hätte ich darum gegeben, eines dieser Kinder zu sein, obgleich ich nie so ungezogen gewesen wäre! Für alle Schätze der Welt hätte ich nicht ihre Locken zerdrückt und zerwühlt. Und ihren niedlichen kleinen Schuh hätte ich nicht geraubt, nicht einmal, um mein Leben zu retten. Im Scherz ihre Taille zu messen, wie die dreiste junge Brut tat, hätte ich nicht gewagt aus Furcht, mein Arm würde zur Strafe krumm und nie wieder gerade wachsen. Und doch, wie gern, ich gestehe es, hätte ich ihre Lippen berührt; wie gern sie ausgefragt, um sie nur reden zu hören; wie gern hätte ich ihre Augen betrachtet, ohne Peinlichkeit bei ihr hervorzurufen; wie gern dieses schöne Haar

gelöst, von dem eine einzige Locke ein unschätzbares Andenken gewesen wäre: Kurz, wie gern hätte ich das kleinste Vorrecht eines dieser Kinder gehabt, mit der Bedingung natürlich, erwachsen genug zu bleiben, um seinen Wert zu fühlen.
Aber jetzt wurde ein Klopfen an der Tür laut, was einen so allgemeinen Ansturm hervorrief, dass sie mit lachendem Gesicht und zerknülltem Kleid in der Mitte eines lärmenden Haufens nach der Tür gedrängt wurde, dem Vater entgegen. Dieser kam gerade in Begleitung eines mit Weihnachtsgeschenken beladenen Mannes nach Hause. Aber nun das Geschrei und das Gedränge und der Sturm auf den wehrlosen Träger! Wie sie an ihm auf Stühlen hinaufstiegen, in seine Taschen guckten, die Papierpäckchen raubten, an seiner Halsbinde zupften, an seinem Halse hingen, ihm auf den Rücken trommelten oder an die Beine stießen – alles in unwiderstehlicher Freude! Dann die Ausrufe der Verwunderung und des Jubels, mit denen der Inhalt jedes Päckchens gefeiert wurde! Die schreckliche Kunde, dass das Kleinste ertappt worden sei, wie es die Puppenbratpfanne in den Mund gesteckt und wohl gar das hölzerne Hühnchen samt der winzigen Schüssel hinuntergeschluckt habe! Die große Beruhigung, als man entdeckte, dass es falscher Alarm gewesen war! Die Freude und die Ausgelassenheit, das alles übertrifft jede Beschreibung. Das fröhliche Treiben dauerte, bis die Kinder

schließlich müde wurden und über eine Treppe in den obersten Stock hinaufgingen, wo sie zu Bett gebracht wurden.

Scrooge sah jetzt, wie sich der Herr des Hauses, die Tochter zärtlich an seine Seite geschmiegt, mit ihr und seiner Mutter niedersetzte. Und er dachte, dass ein solches Wesen ebenso lieb und hoffnungsfroh zu ihm hätte Vater sagen können und wie der Frühling im öden Winter seines Lebens hätte sein können. Da wurden seine Augen wirklich trübe.

„Belle“, sagte der Mann, sich lächelnd zu seiner Gattin wendend, „ich sah heute Nachmittag einen alten Freund von dir.“

„Wer war es?“

„Rate mal.“

„Wie kann ich das? Ach, jetzt weiß ich schon“, fügte sie sogleich lachend hinzu, und auch er lachte. „Mr Scrooge.“

„Ja, Mr Scrooge. Ich ging an seinem Bürofenster vorüber. Und da kein Laden davor war und Licht brannte, musste ich ihn sehen. Sein Partner liegt im Sterben, hörte ich, und er war allein. Ganz allein in der weiten Welt, glaube ich.“

„Geist“, rief Scrooge mit zitternder Stimme, „führe mich weg von hier.“

„Ich sagte dir, dass dies Schatten gewesener Dinge sind“, sagte der Geist. „Gib nicht mir die Schuld, dass sie sind, wie sie sind.“

„Führe mich weg“, rief Scrooge aus. „Ich kann es nicht ertragen.“

Er wandte sich dem Geist zu, und als er sah, dass der ihn mit einem Gesicht anblickte, in dem sich auf eine seltsame Weise all die Gesichter zeigten, die er bisher gesehen hatte, begann er mit ihm zu ringen.

„Verlass mich, führ mich weg. Verfolge mich nicht länger.“

In dem Kampf, wenn es überhaupt ein Kampf genannt werden kann, weil der Geist, ohne sichtbaren Widerstand seinerseits, von den Angriffen seines Gegners unberührt blieb, bemerkte Scrooge, dass das Licht auf seinem Haupt hoch und hell brannte. Scrooge dachte auf einmal, jenes Licht sei der Einfluss des Geistes auf ihn. Und er ergriff den großen Hut und stülpte ihn auf des Geistes Haupt.
Der Geist sank zusammen, sodass der Hut seine ganze Gestalt bedeckte. Aber obgleich Scrooge ihn mit seiner ganzen Kraft niederdrückte, konnte er das Licht nicht ganz verbergen, das darunter hervor- und mit hellem Schimmer über den Boden floss.
Er fühlte sich erschöpft und von einer unüberwindlichen Schläfrigkeit befallen und wusste, dass er in seinem eigenen Schlafzimmer war. Er gab dem Hut einen letzten Druck und fand kaum Zeit, ins Bett zu wanken, bevor er in tiefen Schlaf sank.

Dritte Strophe

Der zweite Geist

Scrooge erwachte von seinem eigenen Geschnarche und setzte sich im Bett auf, um seine Gedanken zu sammeln. Diesmal hatte niemand nötig, ihm zu sagen, dass es gerade eins sei. Er fühlte, dass er genau zur rechten Zeit und zum ausdrücklichen Zweck erwacht war, um eine Zusammenkunft mit dem zweiten Geist zu haben. Aber bei dem Gedanken, welche seiner Bettgardinen das neue Gespenst wohl zurückziehen würde, wurde es ihm ganz unheimlich kalt, und so schob er sie eigenhändig beiseite. Dann legte er sich wieder hin und beschloss, genau aufzupassen, denn er wollte den Geist in dem Augenblick seiner Erscheinung anrufen und wünschte nicht, überrascht und erschreckt zu werden.

Eben weil er beinahe auf alles gefasst war, war er nicht darauf vorbereitet, nichts zu sehen. Und daher befiel ihn ein heftiges Zittern, als die Glocke eins schlug und keine Gestalt erschien. Fünf Minuten, zehn Minuten, eine Viertelstunde vergingen, aber nichts passierte. Die ganze Zeit über lag er auf seinem Bett, das der Kern und Mittelpunkt eines unheimlichen rötlichen Lichtes war, als die Glocke die Stunde verkündete. Aber dieses Licht war noch viel beunruhigender als ein Dutzend Geister, weil er sich nicht erklären konnte, was es bedeute oder was es wollte. Er hatte davon gehört, dass Menschen von selbst ohne Ursache verbrannt waren, hatte aber nie daran geglaubt. Jetzt fürchtete er schon, es könnte doch etwas Wahres daran sein. Endlich jedoch fing er an zu begreifen, dass die Quelle dieses geisterhaften Lichtes sich wohl im benachbarten Zimmer befinde, aus dem es bei näherer Betrachtung auszustrahlen schien. Wie dieser Gedanke sich seiner bemächtigt hatte, stand er leise auf und schlich in den Pantoffeln zur Tür.

In demselben Augenblick, wo sich Scrooges Hand auf die Klinke legte, rief ihn eine fremde Stimme beim Namen und hieß ihn eintreten. Er gehorchte.

Es war sein eigenes Zimmer. Daran ließ sich nicht zweifeln. Aber eine wunderbare Verwandlung war mit ihm vorgegangen. Wände und Decke waren ganz mit grünen Zweigen bedeckt, sodass es aussah wie eine Laube, in der überall glänzende Beeren schimmerten. Die glänzenden, starren Blätter der Stechpalme, der Mistel und des Efeus warfen das

Licht zurück und erschienen wie ebenso viele kleine Spiegel. Eine so gewaltige Flamme loderte im Kamin, wie es dieses Spottbild eines Kamins zu Scrooges oder Marleys Zeiten seit vielen, vielen Wintern nicht gekannt hatte. Auf dem Fußboden waren zu einer Art von Thron Truthähne, Gänse, Wildbret, große Braten, Spanferkel, lange Reihen von Würsten, Pasteten, Plumpuddings, Austerfässchen, glühende Kastanien, rotbäckige Äpfel, saftige Orangen, appetitliche Birnen, ungeheuer große Stollen und dampfende Punschbowlen aufgehäuft, die das Zimmer mit köstlichem Duft erfüllten. Auf diesem Thron saß behaglich und herrlich anzuschauen ein fröhlicher Riese. In der Hand trug er so etwas wie ein Füllhorn. Er hielt es in die Höhe, um Scrooge damit zu grüßen, als dieser ins Zimmer guckte.
„Nur herein", rief der Geist. „Nur herein, und lerne mich besser kennen."
Scrooge trat schüchtern ein und senkte das Haupt vor dem Geist. Er war nicht mehr der hartherzige, unerschrockene Scrooge von früher, und obgleich des Geistes Augen hell und mild glänzten, vermied er es, ihnen zu begegnen.
„Ich bin der Geist der diesjährigen Weihnachtsnacht", sagte die Gestalt. „Sieh mich an."
Scrooge gehorchte mit ehrfurchtsvollem Blick. Der Geist war gekleidet in ein einfaches, dunkelgrünes Gewand mit weißem Pelz. Die mächtige Brust war nackt, als verschmähte sie, sich zu verstecken.

Auch die Füße waren nackt und schauten unter den weiten Falten des Gewandes hervor. Auf dem Kopf trug der Geist einen Stechpalmenkranz, in dem hie und da Eiszapfen glänzten. Die dunkelbraunen Locken wallten auf die Schultern. Sein munteres Gesicht, seine glänzenden Augen, seine fröhliche Stimme, sein ungezwungenes Benehmen, all das sprach von Offenheit und heiterem Sinn. Um den Leib trug er eine alte Degenscheide gegürtet. Sie war jedoch von Rost zerfressen, und kein Schwert steckte darin.

„Du hast meinesgleichen nie vorher gesehen?“, rief der Geist.

„Niemals“, entgegnete Scrooge.

„Hast dich wohl nie mit den jüngern Mitgliedern meiner Familie abgegeben. Ich meine – ich bin sehr jung – meine älteren Brüder, die in den vergangenen Jahren geboren worden sind?“, fuhr das Phantom fort.

„Ich glaube nicht“, sagte Scrooge. „Doch es tut mir Leid, es nicht getan zu haben. Hast du viele Brüder gehabt, Geist?“

„Mehr als achtzehnhundert“, sagte dieser.

„Eine schrecklich große Familie, wenn man für sie zu sorgen hat“, murmelte Scrooge.

Der Geist der diesjährigen Weihnacht erhob sich.

„Geist“, sagte Scrooge demütig, „führe mich, wohin du willst. Gestern Nacht wurde ich zu einer Reise gezwungen und mir wurde eine Lehre erteilt, die jetzt noch Wirkung zeigt. Heute bin ich bereit, zu folgen, und wenn du mich etwas zu lehren hast, will ich gern hören.“

„Dann berühre mein Gewand.“

Scrooge tat, wie ihm geheißen, und hielt es fest.

Stechpalmen, Misteln, Beeren, Efeu, Truthähne, Gänse, Spanferkel, Braten, Würste, Austernfässchen, Pasteten, Puddings, Früchte und Punsch – alles verschwand blitzschnell. Auch das Zimmer verschwand, das Feuer, der rötliche Schimmer, die nächtliche Stunde, und sie standen in den Straßen der Stadt, am Morgen des Weihnachtstages, wo die Leute – denn es war sehr kalt – eine raue, aber fröhliche und nicht unangenehme Musik machten, indem sie den Schnee von dem holprigen Straßenpflaster schaufelten und von den Vordächern der

Häuser schoben. Daneben standen die Kinder und freuten sich und kreischten, wenn die Schneelawinen herunterstürzten und in künstliche Schneestürme zerstoben.
Die Häuser erschienen schwarz und die Fenster noch schwärzer, verglichen mit der makellos weißen Schneedecke auf den Dächern und dem schmutzigeren Schnee auf den Straßen. Dort war er von den schweren Rädern der Wagen und Karren in tiefe Furchen gepflügt. Furchen, die sich hundert- und tausendmal kreuzten, wo immer eine Straße abbog. Der Himmel war trübe, und selbst die kürzesten Straßen schienen sich in einem dicken Nebel zu verlieren, aus dem zuweilen rußige Tröpfchen niederfielen, als hätten alle Kohleöfen von England sich auf einmal entzündet und qualmten jetzt nach Herzenslust ihren schweren schwarzen Rauch in die Luft. Es war in der ganzen Umgebung nichts Heiteres, und doch lag etwas in der Luft, was die klarste Sommerluft und die hellste Sommersonne nicht hätten verbreiten können.
Denn die Leute, die den Schnee von den Dächern schaufelten, waren lustig und bester Laune. Sie riefen herrlich anzuschauen einander von den Dächern aus zu, wechselten dann und wann einen Schneeball und lachten herzlich, wenn er traf, und nicht minder herzlich, wenn er danebenging. Die Läden der Geflügelhändler waren noch halb offen

und die der Obstgeschäfte strahlten in heller Freude. Da sah man – als wären es die Bäuche lustiger alter Herren – große runde, dickbauchige Körbe mit Kastanien an den Türen lehnen oder mit ihrem Überfluss auf die Straße rollen. Da sah man große braune spanische Zwiebeln, dick wie lustige Mönche und mutwillig den Mädchen winkend, die vorübergingen und verschämt nach dem Mistelzweig schielten. Da sah man Birnen und Äpfel zu Pyramiden aufeinander geschichtet. Trauben, die der Kaufmann recht augenfällig im Gewölbe hängen ließ, dass den Vorübergehenden gratis das Wasser im Mund zusammenlief, Haufen von Haselnüssen, bemoost und braun, mit ihrem frischen Duft an vergangene Streifzüge im Wald durch das raschelnde welke Laub erinnernd, Äpfel aus Norfolk, glänzend und appetitlich, mit ihrer Bräune von den gelben Orangen sich absetzend und gar dringlich bittend, dass man sie nach Hause trage und zum Nachtisch esse. Ja, selbst die Goldfische, die in einem Glas mitten unter den erlesenen Früchten standen, schienen zu wissen, dass etwas Besonderes los sei. Obgleich sie von einem dick- und kaltblütigen Geschlecht waren, schwammen sie in ihrer kleinen Welt munterer als sonst herum. Ach, und die Gemischtwarenläden! Die meisten Fenster waren verriegelt, aber welche Herrlichkeiten sah man durch die wenigen offenen Schaufenster! Nicht nur, dass die Waagschalen mit fröhlichem Klingklang auf dem Ladentisch klimperten oder dass der Bindfaden so munter von seiner Rolle schnurrte, oder dass die Konservenbüchsen blitzschnell hin und her gereicht wurden wie durch Zauberei; oder dass der Duft von Kaffee und Tee die Nase so verwöhnte. Nicht, dass die Rosinen so wunderschön, die Mandeln so außerordentlich weiß, die Zimtstängel so lang und gerade, die andern Gewürze so köstlich, die eingemachten Früchte so dick mit geschmolzenem Zucker belegt waren, dass auch der kälteste Zuschauer entzückt wurde; nicht allein, dass die Feigen so saftig und fleischig waren oder dass alles so gut zu essen oder so schön in seinem Weihnachtskleid war – das war es nicht allein. Die Kunden waren auch alle so eifrig und eilig in der Vorfreude auf das Fest, dass sie in der Tür zusammenprallten, wie von Sinnen mit ihren Körben zusammenstießen, ihre Einkäufe vergaßen und wieder zurückliefen, um sie zu holen, und tausend ähnliche Irrtümer in der bestmöglichen Laune begingen, während der Kaufmann und seine Leute so frisch und froh waren, dass es eine Lust war, ihnen bei ihrer Arbeit zuzusehen.

Aber bald riefen die Glocken in den Kirchen und Kapellen, und die Leute gingen in ihren besten Kleidern und mit ihren feiertäglichsten Gesichtern durch die Straßen. Zur gleichen Zeit strömten aus den Nebenstraßen und namenlosen Winkeln zahllose Leute, die ihr Essen zum Aufwärmen in die Backstuben trugen. Der Anblick dieser Armen und doch so Glücklichen schien die Anteilnahme des Geistes am meisten zu erregen, denn er blieb mit Scrooge neben der Tür eines Bäckers stehen, und während er die Deckel von den Schüsseln nahm, als die Träger vorübergingen, segnete er ihr Mahl mit Weihrauch aus seinem Füllhorn. Es war ein wunderbares Ding, denn ein paar Mal, als einige von den Leuten zusammengestoßen waren und ein heftiger Wortwechsel zwischen ihnen entstand, besprengte er sie mit einigen Tropfen Tau daraus, und ihre gute Laune war augenblicklich wiederhergestellt. Sie sagten einander dann, es sei ja eigentlich eine Schande, sich am Weihnachtstag zu zanken.

Einige Zeit später hörten die Glocken auf zu läuten und die Bäckereien wurden geschlossen. Doch schwebte noch ein Hauch von allen diesen Essen und ihrer Zubereitung über dem getauten, nassen

Fleck über jedem Ofen. Und vor ihnen rauchte das Pflaster, als kochten selbst die Steine.
„Ist eine besondere Kraft in dem, was dein Füllhorn ausstreut?“, fragte Scrooge.
„Ja. Meine eigene.“
„Und wirkt sie auf jedes Essen an diesem Tag?“, fragte Scrooge.
„Auf jedes, sofern es gern gegeben wird. Auf ein ärmliches am meisten.“
„Warum auf ein ärmliches am meisten?“
„Weil das meiner Kraft am meisten bedarf.“
„Geist“, sagte Scrooge nach kurzem Nachdenken, „mich wundert's, dass du von allen Wesen auf den vielen Welten um uns herum wünschen solltest, diesen Leuten die Gelegenheit eines gewärmten Essens zu rauben.“
„Ich?“, rief der Geist.
„Du willst ihnen die Mittel nehmen, am Sonntag warm zu Mittag zu essen, und doch ist das der einzige Tag, wo sie überhaupt zu Mittag essen können“, sagte Scrooge.
„Ich?“, rief der Geist.
„Du willst doch Backstuben und ähnliche Geschäfte am siebten Tag geschlossen halten – das kommt doch auf dasselbe heraus.“
„Ich?“, rief der Geist.
„Verzeih mir, wenn ich Unrecht habe. Es ist in deinem Namen geschehen oder wenigstens in dem deiner Familie“, sprach Scrooge.

„Es gibt Menschen auf eurer Erde“, entgegnete der Geist, „die so tun, als ob sie uns kennen und die alles aus Stolz, Missgunst, Hass, Neid und Selbstsucht in unserm Namen tun. Menschen, die uns so fremd sind, als hätten sie nie gelebt. Bedenke dies und schreibe ihre Taten ihnen selbst zu und nicht uns.“

Scrooge versprach es, und sie gingen weiter in die Vorstadt, unsichtbar wie bisher. Es war eine wunderbare Eigenschaft des Geistes (Scrooge hatte sie in der Bäckerei bemerkt), dass er, trotz seiner riesenhaften Gestalt, doch überall leicht Platz fand, und dass er unter einem niedrigen Dach ebenso schön und anmutig dastand wie in einem geräumigen, hohen Saal.

Vielleicht machte es dem guten Geist ein besonderes Vergnügen, sich so zu zeigen, vielleicht war es auch seine warmherzige, freundliche Natur und sein Mitfühlen mit allen Armen, das ihn geradewegs zu Scrooges Sekretär führte. Denn er ging wirklich hin und nahm Scrooge mit, der sich an seinem Gewand festhielt. Auf der Schwelle stand der Geist lächelnd still und segnete Bob Cratchits Wohnung mit einigen Tropfen aus seinem Füllhorn.

Im Zimmer stand Mr Cratchits Frau in einem ärmlichen, zweimal gewendeten Kleid, schön aufgeputzt mit Bändern, die billig sind, aber für wenig Geld hübsch genug aussehen. Sie deckte den Tisch, und Belinda, ihre zweite Tochter, half ihr dabei, während Peter mit der Gabel in eine Schüssel voll Kartoffeln stach. Dabei gerieten ihm die Spitzen seines ungeheuren Hemdkragens (Bobs Lieblingshemd, das der Sohn zu Ehren des Festes tragen durfte) in den Mund und erinnerten ihn daran, wie stolz er war, so schön angezogen zu sein, und wie gern er das weiße Hemd in den Parks zur Schau gestellt hätte. Jetzt kamen die zwei kleinen Cratchits, ein Mädchen und ein Knabe, hereingestürmt und schrien, dass sie vor der Bäckerei die gebratene Gans gerochen und gewusst hätten, es sei ihre eigene. Voll Vorfreude auf Salbei und Zwiebeln tanzten sie um den Tisch und erhoben Peter Cratchit bis in den Himmel, während dieser (obgleich ihn der Hemdkragen fast erstickte) in das Feuer blies, bis die Kartoffeln hochquollen und an den Topfdeckel klopften, dass man sie herauslassen und schälen möge.

„Wo nur der Vater bleibt?", fragte Mrs Cratchit. „Und euer Bruder Tiny Tim. Auch Martha kam vorige Weihnachten eine halbe Stunde früher."

„Hier ist Martha, Mutter", sagte ein Mädchen, das gerade hereinkam.

„Hier ist Martha, Mutter", riefen die beiden kleinen Cratchits. „Hurra, wir haben *so* eine Gans, Martha!"

„Gott grüße dich, liebes Kind! Wie spät du kommst!", sagte Mrs Cratchit, küsste sie auf beide Wangen und nahm ihr Schal und Hut ab.

„Wir hatten gestern Abend noch so viel zurechtzumachen“, antwortete das Mädchen, „und mussten heute mit allem fertig werden, Mutter.“
„Nun, es schadet nichts, du bist ja jetzt da“, sagte Mrs Cratchit. „Setz dich ans Feuer, liebes Kind, und wärm dich auf.“
„Nein, nein, der Vater kommt“, riefen die beiden kleinen Cratchits, die überall gleichzeitig zu sein schienen. „Versteck dich, Martha, versteck dich!“
Martha versteckte sich, und jetzt trat Bob herein, der Vater. Wenigstens anderthalb Meter, ohne den Fransen, hing der Schal über seine Brust herab, und die abgetragenen Kleider waren geflickt und gebürstet, damit sie noch einigermaßen nach etwas aussahen. Tiny Tim saß auf seiner Schulter. Der arme Tiny Tim! Er hatte eine kleine Krücke bei sich, und seine Arme und Beine wurden von eisernen Schienen gestützt.
„Nun, wo ist unsere Martha?“, rief Bob Cratchit und schaute im Zimmer herum.
„Sie kommt nicht“, sagte Mrs Cratchit.
„Sie kommt nicht?“, fragte Bob und seine fröhliche Laune schien dahin. Er war den ganzen Weg von der Kirche Tims Pferd gewesen und in vollem Laufe nach Hause gerannt. „Sie kommt nicht zum Weihnachtsabend?“
Martha wollte ihn nicht enttäuschen, selbst nicht zum Scherz, und so sprang sie hinter der Tür hervor und schlang die Arme um seinen Hals, wäh-

rend die beiden kleinen Cratchits sich Tiny Tim schnappten und ihn zum Waschhaus trugen, um ihm den Pudding zu zeigen, der dort zubereitet wurde.

„Und wie hat sich der kleine Tim aufgeführt?", fragte Mrs Cratchit, als sie Bob wegen seiner Leichtgläubigkeit geneckt und Bob seine Tochter nach Herzenslust geküsst hatte.

„Wie ein Goldkind", sagte Bob, „und noch besser. Ich weiß nicht, wie es kommt, aber er wird jetzt so träumerisch vom vielen Alleinsein und sinnt sich die seltsamsten Dinge zurecht. Heute, als wir nach Hause gingen, sagte er, er hoffe, die Leute sähen ihn in der Kirche, denn er sei ein Krüppel, und es wäre vielleicht gut für sie, sich am Christtag an den zu erinnern, der einst Lahme gehen und Blinde sehen machte."

Bobs Stimme zitterte, als er dies sagte, und zitterte noch mehr, als er hinzufügte, dass Tiny Tim bestimmt bald stärker und gesünder werden würde.

Man hörte jetzt seine kleine Krücke auf dem Fußboden, und ehe noch mehr gesprochen werden konnte, war Tim wieder da und wurde von seinem Bruder und seiner Schwester auf seinen Stuhl neben dem Feuer gesetzt. Während jetzt Bob, der seine Ärmel aufkrempelte, um sie zu schonen – als ob es möglich gewesen wäre, sie noch mehr abzuwetzen –, in einer Karaffe eine heiße Mischung aus Gin und Zitronen zubereitete und sie umrührte und wieder aufs Feuer setzte, damit sie warm blieb, gingen Peter und die zwei allgegenwärtigen kleinen Cratchits die Gans holen, mit der sie bald feierlich zurückkehrten.

Daraufhin erhob sich ein solcher Lärm, als wäre eine Gans der seltenste aller Vögel, ein gefiedertes Wunder, gegen das ein schwarzer Schwan etwas ganz Gewöhnliches ist. Und wirklich, das war sie auch in diesem Hause. Mrs Cratchit ließ die Bratensoße aufkochen, Peter schmorte die Kartoffeln mit unglaublichem Eifer, Belinda zuckerte die Apfelsoße, Martha wischte den Ruß von den gewärmten Tellern, Bob nahm Tiny Tim neben sich an eine behagliche Ecke am Tisch, die beiden kleinen Cratchits stellten die Stühle zurecht und nahmen ihren Posten ein, wobei sie auf die Löffel bissen, um nicht nach Gans zu schreien, ehe sie an der Reihe waren. Endlich wurde das Festmahl aufgetragen und das Tischgebet gesprochen. Darauf folgte eine atemlose Pause, als Mrs Cratchit das Vorlegemesser langsam von allen Seiten begutachtete und sich anschickte, feierlich die Gans zu zerlegen. Aber als sie es tat und die ersehnte Köstlichkeit ausgeteilt wurde, ertönte um den ganzen Tisch ein freudiges Gemurmel, und selbst Tiny Tim, von den beiden kleinen Cratchits aufgemuntert, schlug mit dem Griff seines Löffels auf den Tisch und rief ein schwaches Hurra.

Nie hatte es eine solche Gans gegeben. Bob sagte

ausdrücklich zu seiner Frau, er glaube nicht, dass jemals eine solche Gans gebraten worden sei. Ihre Zartheit und ihr Fett, ihre Größe und ihr Preis waren der Gegenstand der allgemeinen Bewunderung. Zusammen mit der Apfelsoße und den geschmorten Kartoffeln gab sie ein reichliches Mahl für die ganze Familie ab. Und als Mrs Cratchit noch ein einziges kleines Stück in der Schüssel liegen sah, sagte sie mit großer Freude, sie hätten doch nicht alles aufgegessen! Aber jeder von ihnen hatte genug, und die kleinen Cratchits waren bis an die Augenbrauen mit Salbei und Zwiebeln zugeschmiert. Jetzt wurden die Teller gewechselt, und Mrs Cratchit, zu nervös, um Zuschauer zu ertragen, verließ das Zimmer, um sich um den Pudding zu kümmern.

Wenn er nicht gar wäre! Wenn er beim Herausnehmen in Stücke zerfiele! Wenn jemand über die Mauer des Hinterhauses geklettert wäre und ihn gestohlen hätte, während sie sich an der Gans erquickten – ein Gedanke, bei dem die beiden kleinen Cratchits vor Schrecken bleich wurden.

Hallo, was für eine Dampfwolke! Der Pudding war aus der Form genommen. Ein Geruch wie in einem Speisehaus, mit einem Pastetenbäcker auf der einen und einer Wäscherin auf der andern Seite! Das war der Pudding. Eine halbe Minute später trat Mrs Cratchit herein, aufgeregt, aber stolz lächelnd und vor sich den Pudding hertragend. Der war hart und fest wie eine Kanonenkugel, mit einem Viertelliter Rum flambiert und in der Mitte mit der festlichen Stechpalme geschmückt.

Oh, was für ein wunderbarer Pudding! Bob Cratchit erklärte mit ruhiger und sicherer Stimme, er halte das für das größte Kochkunststück, das Mrs Cratchit seit ihrer Heirat abgeliefert habe. Mrs Cratchit meinte, ihr sei ein Stein vom Herzen gefallen und sie wolle nur gestehen, dass sie wegen der Menge des Mehls sehr in Sorge gewesen sei. Jeder hatte darüber etwas zu sagen, aber keiner sagte oder dachte, der Pudding sei zu klein. Das wäre gemein gewesen, und jeder Cratchit hätte sich geschämt, an so etwas auch nur zu denken.

Endlich waren sie mit dem Essen fertig, der Tisch war abgedeckt, der Herd gesäubert, und das Feuer loderte im Kamin. Das Gemisch im Krug wurde gekostet und für vortrefflich erklärt, Äpfel und Apfelsinen kamen auf den Tisch, und ein paar Hände voll Kastanien wurden über dem Feuer geröstet. Dann setzte sich die ganze Familie in einem Kreis um den Kamin. Bob saß in der Mitte, und neben

ihm stand alles an teuren Gläsern, was sie hatten: zwei Milchgläser und ein Kännchen mit abgebrochenem Henkel.
Diese Gefäße aber enthielten das heiße Gemisch aus dem Krug, als wären es goldene Becher gewesen, und Bob schenkte mit feierlichem Blick ein, während die Kastanien auf dem Rost gemütlich knisterten. Bob hielt eines der Gläser hoch und blickte schweigend in die Runde.
„Uns allen eine fröhliche Weihnacht, meine Lieben! Gott segne uns!"
Die ganze Familie wiederholte den Toast.
„Gott segne jeden von uns!", sagte Tiny Tim als Letzter.
Er saß dicht neben dem Vater auf seinem Stühlchen, Bob hielt die kleine welke Hand in seiner, als wünsche er das Kind an seiner Seite zu behalten, obwohl er fürchtete, es könnte ihm bald genommen werden.
„Geist", sprach Scrooge mit einer Anteilnahme, wie er sie noch nie empfunden hatte, „sag mir, wird Tiny Tim am Leben bleiben?"
„Ich sehe einen leeren Stuhl in der Kaminecke", antwortete der Geist, „und eine Krücke ohne Besitzer, die sorgfältig aufbewahrt wird. Wenn die Zukunft diese Schatten nicht ändert, wird das Kind sterben."
„Nein, nein", drängte Scrooge. „Ach nein, guter Geist, sag, dass es am Leben bleiben wird!"

„Wenn die Zukunft diese Schatten nicht verändert“, antwortete der Geist abermals, „wird keiner meiner Brüder das Kind hier noch finden. Was macht's auch? Wenn es denn sterben muss, ist es besser, es stirbt gleich und verringert den Bevölkerungsüberschuss.“

Scrooge senkte das Haupt, weil er seine eigenen Worte wieder erkannte, und fühlte sich überwältigt von Reue und Schmerz.

„Mensch“, sprach der Geist, „wenn du ein menschliches Herz hast und keines aus Stein, so hüte dich, so grausam davon zu reden, bis du weißt, wo und wie dieser Bevölkerungsüberschuss lebt. Willst du entscheiden, welche Menschen leben und welche Menschen sterben sollen? Vielleicht bist du in den Augen des Himmels unwürdiger und unfähiger zu leben als Tausende dieser verkrüppelten Kinder. Du meine Güte! Es ist, als ob ein Wurm auf einem Blatt erklärte, es gäbe zu viel Leben unter seinen hungrigen Brüdern im Staub!“

Scrooge nahm des Geistes Vorwurf beschämt hin und sah zu Boden, aber er blickte gleich wieder auf, als er seinen eigenen Namen hörte.

„Es lebe Mr Scrooge!“, sagte Bob. „Mr Scrooge, er ermöglichte dieses Fest!“

„Der Gönner dieses Festes, wahrhaftig!“, rief Mrs Cratchit spöttisch mit glühendem Gesicht. „Ich wollte, ich hätte ihn hier. Ich wollte ihm ein Stück

von meiner Meinung zu kosten geben, und ich hoffe, das würde ihm wohl bekommen."
„Liebe Frau", sagte Bob beschwichtigend, „... die Kinder! – Es ist doch Weihnachten."
„Freilich muss es schon Weihnachten sein", sagte sie, „wenn man auf die Gesundheit eines so niederträchtigen, geizigen, gefühllosen Menschen wie Scrooge trinken kann. Und du weißt, Bob, dass er so ist, niemand weiß es besser als du!"
„Liebe Frau", antwortete Bob mild, „... es ist Weihnachten."
„Ich will auf seine Gesundheit trinken, dir und unserem Weihnachten zuliebe", sagte Mrs Cratchit. „Aber nicht seinetwegen. Möge er lange leben! Ein fröhliches Weihnachten und ein glückliches neues Jahr! – Er wird sehr fröhlich und sehr glücklich sein, das glaub ich ganz bestimmt."
Die Kinder tranken nach ihr. Es war das erste, was sie an diesem Abend ohne Herzlichkeit und Wärme taten. Tiny Tim trank zuletzt, aber er machte sich nichts daraus. Scrooge war das Schreckbild der Familie. Die Erwähnung seines Namens warf über alles einen düsteren Schatten, der volle fünf Minuten brauchte, um zu verschwinden.
Als er weg war, waren sie zehnmal lustiger als vorher, schon weil sie Scrooge los waren, den Schrecklichen. Bob Cratchit erzählte, dass er eine Stelle für Peter in Aussicht habe, die diesem ganze drei Pfund wöchentlich eintragen werde. Die bei-

den kleinen Cratchits lachten bei dem Gedanken, Peter als Geschäftsmann zu sehen. Und Peter selbst blickte gedankenvoll zwischen seinen Kragenenden hervor in das Feuer, als überlege er, was er wohl am besten mit so viel Geld machen würde. Martha, die als Lehrmädchen bei einer Schneiderin beschäftigt war, erzählte ihnen, was für eine Arbeit sie gerade mache und wie viele Stunden sie am Tag arbeiten müsse und wie gut sie morgen früh auszuschlafen vorhatte; denn morgen war für sie natürlich auch ein Feiertag. Sie erzählte auch, dass sie vor einigen Tagen eine Gräfin und einen Lord gesehen hatte und dass der Lord fast so groß wie Peter gewesen sei; bei diesen Worten zupfte Peter seinen Hemdkragen so stolz nach oben, dass man seinen Kopf nicht mehr sah. Während dieser ganzen Zeit gingen Punsch und reife Kastanien ringsum, und zwischendurch sang Tiny Tim ein verträumtes Lied, und er sang es recht hübsch.

An alldem war nichts Besonderes. Das war keine hübsche Familie. Sie waren nicht schön angezogen, ihre Schuhe waren kaputt, ihre Kleider ärmlich, und Peter hatte wohl mehr, als ihm lieb war, aus Geldnot verkauft. Aber sie waren glücklich, voller Dankbarkeit für ihre bescheidenen Freuden, hatten sich lieb und waren zufrieden. Und als das Licht, das die Fackel des Geistes auf sie warf, allmählich verblasste und sie immer noch so glücklich aussahen, verweilte Scrooges Auge bis zuletzt auf ihnen und hing vor allem an Tiny Tim.

Es war jetzt ganz dunkel geworden, und es schneite kräftig. Als Scrooge und der Geist durch die Straßen gingen, leuchtete der Glanz von gemütlichen Feuern wundervoll in Küchen, Stuben und Zimmern aller Art. Hier zeigten sich im Licht der flackernden Flammen die Vorbereitungen zu einem festlichen Essen, die Teller, wie sie vor dem Feuer durch und durch heiß gemacht wurden, und die dicken Vorhänge, dafür da, Kälte und Nacht draußen zu lassen. Dort liefen alle Kinder des Hauses auf die verschneite Straße hinaus, ihren verheirateten Schwestern, Brüdern, Cousins und Cousinen, Onkeln und Tanten entgegen, um sie zu begrüßen. Hier zeigten sich an den Fenstern die

Schatten der versammelten Gäste. Dort eine Gruppe hübscher Mädchen in Pelzkragen und Pelzstiefeln, alle zugleich schwatzend und kichernd ins Haus eines Nachbars eilend. Wehe dem Junggesellen, der sie dort strahlend eintreten sehen würde – und sie freuten sich schon darauf, solchen den Kopf zu verdrehen!

Wenn man sah, wie viele Leute unterwegs waren zu freundschaftlichen Besuchen, hätte man glauben mögen, es sei niemand mehr irgendwo daheim, um jemand zu erwarten. Aber dennoch erwartete jedes Haus Gäste, und in jedem Kamin loderte ein Feuer. Wie sich der Geist freute! Wie seine mächtige Brust vor Freude bebte und wie er überschwänglich und freigiebig seine heitere und harmlose Fröhlichkeit über alles um ihn herum ausschüttete!

Selbst der Laternenanzünder, der durch die dunklen Straßen eilte, um den trüben Nebel mit Licht zu erhellen, und der bereits herausgeputzt war, um den Abend bei seinen Freunden zu verbringen, lachte laut auf, als er den Geist vorüberschweben fühlte.

Aber plötzlich, ohne dass der Geist vorher irgendetwas gesagt hätte, standen sie auf einer kahlen öden Heide, wo ungeheure Felsblöcke verstreut lagen, als wäre hier eine Grabstätte von Riesen. Eiskaltes Wasser floss darüber, wo es noch fließen konnte, denn fast überall war nur noch Eis. Nichts wuchs dort als Moos und Gestrüpp und hartes, gefrorenes Gras. Tief im Westen hatte die untergehende Sonne einen glühenden Streifen gelassen, der sich noch kurz auf die öde Steppe legte, wie ein zorniger Blick, und der sich nur zögernd verlor, bis er im Dunkel der tiefsten Nacht verschwand.

„Was ist das für ein Ort?“, fragte Scrooge.

„Ein Ort, wo Bergleute in den Tiefen der Erde arbeiten“, antwortete der Geist. „Aber sie kennen mich. Schau!“

Ein Licht strahlte aus dem Fenster einer Hütte, und sie schwebten schnell darauf zu. Hier fanden sie eine fröhliche Gesellschaft um ein wärmendes Feuer sitzen: einen uralten Mann und eine greise Frau mit ihren Kindern, Enkeln und Urenkeln, alle in festlichen Kleidern. Der Alte sang ein Weihnachtslied mit einer Stimme, die nur selten das Heulen des Windes über der Steppe übertönte. Es war schon ein sehr altes Lied und noch aus der Zeit, als er noch ein Knabe war. Ab und an fielen sie alle im Chor ein. Und immer, wenn ihre Stimmen ertönten, wurde die Stimme des Alten lebendig und laut. Wenn sie aufhörten, sank seine Kraft wieder. Der Geist verweilte hier nicht lange, sondern befahl Scrooge, sich an seinem Gewand festzuhalten. Sie schwebten über die Einöde, aber wohin nur? Doch nicht aufs Meer hinaus? Doch, aufs Meer! Zu seinem Schrecken sah Scrooge grausig steile Klippen und hinter sich das Land verschwinden. Sein Gehör wurde taub vom Donner der Wogen, die in den Buchten, die sie schon ausgespült hatten, tobten und brüllten und wüteten und mit wildem Zorn noch mehr vom Festland zu fressen versuchten.

Auf einer öden, halb im Wasser versunkenen Klippe, gewiss eine Meile vom Land entfernt, stand ein einsamer Leuchtturm. Das ganze trostlose Jahr hindurch umschäumten und umtollten ihn die Wellen. Große Haufen von Seegras umgaben seinen Fuß, und Möwen hoben und senkten sich um seine Spitze, ganz leicht, und doch wie die wogenden Wellen unten.

Aber selbst hier hatten die zwei Turmwächter ein Feuer angezündet, das durch das Guckloch in der dicken, steinernen Mauer einen hellglänzenden Streifen auf die nächtliche See warf. Die schwieligen Hände sich über den Tisch reichend, an dem sie saßen, wünschten sie einander fröhliche Weihnachten und stießen mit ihren Bechern darauf an. Und einer der beiden, der Ältere, mit seinem von Sturm und Wetter gebräunten Gesicht und gefurcht, wie die Galionsfigur eines alten Schiffes, stimmte ein mächtiges Lied an, das wie ein Sturmwind dröhnte.

Immer noch schwebte der Geist über die dunkelwogende See dahin, immer weiter und weiter, bis sie, wie der Geist zu Scrooge sagte, fern jeder Küste, sich auf einem Schiff niederließen. Sie standen neben dem Steuermann am Rad, und dann beim

Ausguck vorne, neben den Offizieren, die gerade Wache hatten. Wie dunkle, gespenstige Gestalten standen diese auf ihrem Posten, aber jeder von ihnen summte ein Weihnachtslied, hatte einen Weihnachtsgedanken oder sprach leise zu seinem Kameraden von einem früheren Weihnachtsabend und heimatlichen Erinnerungen, die sich daran knüpften. Und jeder einzelne an Bord, wachend oder schlafend, gut oder schlecht, hatte an diesem Tag ein herzlicheres Wort für seine Kameraden gehabt als an jedem anderen Tag des Jahres und ihn wenigstens einigermaßen gefeiert. Er hatte an die gedacht, die sich jetzt in der Ferne seiner erinnerten, und hatte gewusst, dass sie jetzt freundlich an ihn dachten.

Eine große Überraschung war es für Scrooge – während er dem Stöhnen des Windes lauschte und darüber nachdachte, wie schauerlich es doch sei, durch die öde Nacht über einen unbekannten Abgrund dahinzugleiten, der Geheimnisse barg, so tief wie der Tod – eine große Überraschung war es für Scrooge, ganz plötzlich ein herzliches Lachen zu vernehmen. Noch größer war Scrooges Überraschung, als er darin das Lachen seines eigenen Neffen erkannte und sich in einem hellen, behaglich warmen Zimmer wiederfand, während der Geist an seiner Seite stand und mit mildem Lächeln auf diesen Neffen herabblickte.

„Haha!“, lachte Scrooges Neffe. „Hahaha!“

Wenn jemand durch einen sehr unwahrscheinlichen Zufall einen Menschen kennen sollte, der glücklicher lachen kann als Scrooges Neffe, so kann ich nur sagen, ich möchte ihn auch kennen lernen. Stellt mich ihm vor, und ich werde mit ihm Freundschaft schließen.

Es ist doch eine gerechte und schöne Einrichtung der Natur, dass – wie Krankheit und Kummer – in der ganzen weiten Welt nichts so unwiderstehlich ansteckend ist wie Lachen und Fröhlichkeit.

Als Scrooges Neffe lachte, sich den Bauch hielt, es ihn vor Lachen nur so schüttelte und als er die allermerkwürdigsten Gesichter schnitt, lachte Scrooges Nichte genauso herzlich wie er. Auch die versammelten Freunde fielen in das Gelächter mit ein.

„Haha! Haha! Haha!“

„Er sagte, Weihnachten sei dummes Zeug, so wahr ich lebe“, rief Scrooges Neffe. „Und er ist tatsächlich davon überzeugt.“

„Umso mehr sollte er sich schämen, Fred“, sagte

Scrooges Nichte entrüstet. Gott segne die Frauen! Sie tun nie etwas halb. Es ist ihnen immer mit allem völlig ernst.

Sie war hübsch, sehr hübsch. Sie hatte ein niedliches verschmitztes Gesicht, einen frischen vollen Mund, der zum Küssen gemacht schien – wie er es ohne Zweifel auch war. Um das Kinn hatte sie alle Arten lieber kleiner Grübchen, die erschienen, wenn sie lachte, und das strahlendste Paar Augen, das man je gesehen hatte. Ja, sie war reizend, liebenswürdig, bezaubernd.

„Er ist ein komischer alter Herr", sagte Scrooges Neffe, „das ist wahr, und nicht so angenehm, wie er sein könnte. Doch seine Fehler bestrafen nur ihn selbst, und ich habe keinen Grund, etwas gegen ihn zu sagen."

„Er muss doch sehr reich sein, Fred", meinte Scrooges Nichte. „Wenigstens sagst du es immer."

„Und wenn schon, Liebste!", sprach Scrooges Neffe. „Sein Reichtum nützt ihm nichts. Er tut nichts Gutes damit. Er macht sich nicht einmal selbst das Leben damit angenehm. Er hat nicht einmal das Vergnügen am Gedanken – hahaha –, dass er uns jemals damit eine Freude machen wird."

„Ich verstehe ihn nicht", bemerkte Scrooges Nichte. Ihre Schwester und alle anderen Damen waren derselben Meinung.

„Oh, aber ich", sagte Scrooges Neffe. „Mir tut er Leid. Ich kann nicht böse auf ihn sein, selbst wenn ich's wollte. Wer leidet denn am meisten unter seiner schlimmen Laune? Er allein. Jetzt hat er sich's in den Kopf gesetzt, uns nicht zu mögen, und er will unsere Einladung zum Mittagessen nicht annehmen. Was macht das schon? Es entgeht ihm nicht viel bei unserem Essen."

„Nun, ich meine, es entgeht ihm ein sehr gutes Essen", unterbrach ihn Scrooges Nichte.

Die anderen sagten dasselbe, und man konnte ihr Urteil darüber nicht bestreiten, weil sie eben zu essen aufgehört hatten und jetzt mit dem Dessert bei Lampenlicht um den Kamin saßen.

„Nun, es freut mich, das zu hören", sagte Scrooges Neffe, „weil ich kein großes Vertrauen in diese jungen Hausfrauen setze. Was sagen Sie dazu, Topper?"

Topper hatte offenbar ein Auge auf eine der Schwestern von Scrooges Nichte geworfen, denn er antwortete, ein Junggeselle sei ein unglücklicher, heimatloser Mensch, der kein Recht habe, eine Meinung darüber auszusprechen: Worte, bei denen die Schwester von Scrooges Nichte errötete.

„Weiter, weiter, Fred!", sagte Scrooges Nichte, in die Hände klatschend. „Er bringt nie zu Ende, was er angefangen hat! Er ist ein so närrisches Kerlchen."

Scrooges Neffe brach wieder in Gelächter aus, und es war unmöglich, sich von diesem Lachen nicht anstecken zu lassen, obgleich es die Schwester so-

gar mit Riechsalz versuchte; alle konnten sich vor Lachen kaum halten.
„Ich wollte nur sagen“, meinte Scrooges Neffe nach Luft schnappend, „dass die Folge seines Ärgers über uns und seiner Weigerung, mit uns fröhlich zu sein, nur die ist, dass er sich um einige angenehme Augenblicke bringt, die ihn nichts kosten würden. Gewiss entgeht ihm angenehmere Unterhaltung, als ihm sein eigenes Grübeln in seinem modrigen alten Büro oder in seiner muffigen Wohnung bereiten könnte. Ich versuche ihm jedes Jahr Gelegenheit dazu zu geben, mag es ihm nun gefallen oder nicht, denn er tut mir Leid. Er mag auf Weihnachten schimpfen, bis er stirbt, aber er muss doch endlich besser davon denken, wenn er mich jedes Jahr gut gelaunt zu ihm kommen sieht, mit den Worten: ‚Onkel Scrooge, wie geht es Ihnen?‘ – Wenn es ihn nur auf den Gedanken bringt, seinem armen Sekretär fünfzig Pfund zu hinterlassen, so ist das wenigstens etwas. Und ich glaube, gestern konnte ich ihn erschüttern.“
Die anderen lachten bei dem Gedanken, dass er Scrooge habe erschüttern können. Aber da er durch und durch gutmütig war und sich nicht viel darum scherte, worüber sie lachten, wenn sie nur überhaupt lachten, so stimmte er in ihre Fröhlichkeit mit ein und lachte über was auch immer mit.
Nach dem Tee machten sie ein wenig Musik, denn es war eine musikalische Familie, und sie wussten,

was sie taten, wenn sie ein gutes Lied sangen. Namentlich Topper, der den Bass nach Noten brummen konnte, ohne dass die großen Adern auf der Stirn vor lauter Anstrengung anschwollen oder sich sein Gesicht rötete. Scrooges Nichte spielte die Harfe recht gut, und sie spielte unter anderen Stücken auch ein ganz einfaches kleines Liedchen (ihr hättet es in zwei Minuten pfeifen gelernt), das jenes Kind oft gesungen hatte, von dem Scrooge aus der Schule geholt worden war, wie ihm der Geist der vergangenen Weihnachten gezeigt hatte. Als Scrooge dies Liedchen hörte, trat alles, was ihm der Geist gezeigt hatte, abermals vor seine Seele. Er wurde milder und milder und dachte, er hätte damals besser zuhören sollen, um später die freundlichen Seiten des Lebens genießen zu können, ohne Marleys Geist und seine Belehrung nötig zu haben.

Sie widmeten jedoch nicht den ganzen Abend der Musik. Nach einer Weile fingen sie mit Pfänderspielen an, denn es ist gut, zuweilen Kind zu sein, und am besten an Weihnachten, da der Urheber dieses Festes ja selbst noch ein Kind war. Doch halt, erst spielten sie Blindekuh. Und ich glaube ebenso wenig, dass Topper wirklich blind war, wie ich glaube, er habe Augen in seinen Stiefeln. Ich vermute, die Sache war zwischen ihm und Scrooges Neffen vorher ausgemacht, und der Geist der diesjährigen Weihnachten wusste es ganz genau! Die Art, wie er hinter der Schwester mit dem Spitzenkragen her war, war eine Beleidigung aller menschlichen Leichtgläubigkeit. Wo sie ging, da ging auch er, die Schürhaken umwerfend, über Stühle stolpernd, an das Klavier anstoßend, sich in den Gardinen verwickelnd. Immer wusste er, wo sie war. Aber endlich hatte er sie gefangen, und ungeachtet ihres Sträubens zwängte er sie in eine Ecke, aus der keine Flucht möglich war. Da wurde seine Aufführung ganz besonders abscheulich. Denn seine Behauptung, er kenne sie nicht, er müsse erst ihren Kopfputz anfassen und, um sie zu erkennen, einen gewissen Ring auf ihrem Finger und eine gewisse Kette um ihren Hals befühlen, war ganz ungeheuerlich! Und gewiss sagte sie ihm auch tüchtig ihre Meinung darüber und über einiges mehr, denn als eine andere „Blindekuh" an der Reihe war, tuschelten sie hinter den Gardinen sehr vertraut und lange miteinander.

Scrooges Nichte spielte nicht mit, sondern saß in einer gemütlichen Ecke in einem Lehnstuhl mit einem Fußbänkchen davor, und der Geist und Scroo-

ge standen dicht hinter ihr. Aber bei den Pfänderspielen machte sie mit und gewann auch meistens zur allgemeinen Bewunderung. Auch in dem Spiel Wie, Wann und Wo war sie sehr tüchtig und stellte zur geheimen Freude von Scrooges Neffen ihre Schwestern deutlich in den Schatten, obgleich sie auch überaus gescheite Mädchen waren, wie es uns Topper hätte versichern können. Es mochten ungefähr zwanzig Personen da sein, junge und alte, aber sie spielten alle, und auch Scrooge spielte mit, denn in seinem Interesse an den Vorgängen vergaß er ganz, dass sie seine Stimme nicht hören konnten. Er gab oft laut seine Antwort auf die Fragen und riet auch oft ganz richtig.

Dem Geist gefiel es sehr gut, ihn in dieser Laune zu sehen, und er blickte ihn so freundlich an, dass ihn Scrooge wie ein Knabe bat, noch warten zu dürfen, bis die Gäste fortgingen. Aber der Geist sagte, dies sei nicht möglich.

„Es fängt ein neues Spiel an", sagte Scrooge. „Nur eine halbe Stunde, Geist."

Es war ein Spiel, das man Ja und Nein nennt, in dem sich Scrooges Neffe etwas ausdenken musste und die anderen erraten mussten, was es war. Auf ihre Fragen brauchte er dann nur mit Ja oder Nein zu antworten. Die schnell aufeinander folgenden Fragen, die ihm vorgesetzt wurden, ergaben denn endlich, dass er sich ein Geschöpf dachte – ein lebendiges Wesen, ein hässliches, wildes Geschöpf, das zuweilen brumme und zuweilen spreche, sich in London aufhalte, in den Straßen herumlaufe, nicht für Geld gezeigt, nicht herumgeführt werde, nicht in einer Menagerie sei und nicht geschlachtet werde. Das weder ein Pferd noch ein Esel noch eine Kuh noch ein Ochs noch ein Tiger noch ein Hund noch ein Schwein noch eine Katze noch ein Bär sei. Bei jeder neuen Frage, die ihm gestellt wurde, brach Scrooges Neffe aufs neue in Gelächter aus und konnte gar nicht wieder aufhören, sodass er vom Sofa aufstehen und mit den Füßen stampfen musste. Endlich rief die eine Schwester mit ebenso unwiderstehlichem Gelächter:

„Ich habe es, Fred, ich weiß es, ich weiß es."

„Was ist es?", rief Fred.

„Es ist Onkel Scrooge."

Sie hatte richtig geraten und erntete allgemeine Bewunderung, obgleich einige meinten, die Frage: „Ist es ein Bär?" hätte mit Ja beantwortet werden müssen, denn eine verneinende Antwort hätte sie schon verleitet, ihre Gedanken von Scrooge abzubringen, selbst wenn sie auf dem Wege zu ihm gewesen wären.

„Nun, er hat uns Freude genug gemacht", sagte Fred, „und so wäre es undankbar, nicht auf seine Gesundheit zu trinken. Hier ist ein Glas Sekt. Es lebe Onkel Scrooge!"

„Es lebe Onkel Scrooge!", stimmten alle ein.

„Fröhliche Weihnachten und ein glückliches neues

Jahr dem Alten, sei er, wie er wolle!“, sagte Scrooges Neffe. „Er wollte meinen Wunsch nicht annehmen, aber er soll ihn dennoch haben.“
Onkel Scrooge war unmerklich so fröhlich und heiter geworden, dass er der von seiner Gegenwart nichts ahnenden Gesellschaft ihren Toast erwidert und mit einer unhörbaren Rede gedankt hätte, wäre ihm Zeit dazu gelassen worden. Aber alles verschwand im Hauch vom letzten Wort des Neffen, und Scrooge und der Geist waren schon wieder unterwegs. Sie gingen weit und sahen viel und besuchten manches Heim, aber immer spendeten sie Glück. Der Geist stand neben Kranken, und sie wurden heiter und hoffend; neben Wanderern in fernen Ländern, und sie träumten von der Heimat; neben solchen, die mit dem Leben rangen, und sie harrten geduldig aus; neben Armen, und sie wurden reich. Im Armenhaus und im Lazarett, im Kerker und in jedem Zufluchtsort des Elends, wo der Mensch in seiner kurzen ärmlichen Herrschaft dem Geiste die Tür verschlossen hatte, spendete er seinen Segen und lehrte Scrooge, was er wusste.

Es war eine lange Nacht, wenn es nur eine Nacht gewesen sein sollte, aber Scrooge zweifelte daran. Es war auch sonderbar, dass der Geist offenbar älter wurde, während Scrooge äußerlich ganz unverändert blieb. Scrooge hatte diese Veränderung zwar bemerkt, sprach aber nicht darüber, bis sie von einer Kinderweihnachtsgesellschaft weggingen und er bemerkte, dass des Geistes Haar ganz schnell grau geworden war.
„Ist das Leben der Geister so kurz?", fragte Scrooge.
„Mein Leben auf dieser Erde ist sehr kurz", sagte der Geist, „es endet noch in dieser Nacht."
„In dieser Nacht noch!", rief Scrooge.
„Heute um Mitternacht. Horch, es ist gleich so weit."
Die Glocke schlug drei Viertel zwölf
„Vergib mir, wenn es unschicklich ist zu fragen", sagte jetzt Scrooge, scharf auf Gewand des Geistes blickend, „aber ich sehe etwas Seltsames unter deinem Mantel hervorblicken, was nicht zu dir zu gehören scheint. Ist es ein Fuß oder eine Klaue?"
„Nach dem wenigen Fleisch, was darauf sitzt, könnte es schon eine Klaue sein", gab der Geist traurig zur Antwort und fuhr fort: „Schau her!"
Aus den weiten Falten seines Gewandes kamen jetzt zwei Kinder hervor, elend, abgemagert, hässlich und Mitleid erregend. Sie knieten vor dem

Geist nieder und klammerten sich an den Saum seines Gewandes.

„O Mensch, schau her“, rief der Geist. „Schau dir das an!“

Es waren ein Knabe und ein Mädchen. Blasse Gesichter, elend, zerlumpt und mit wilden, hinterlistigen Augen, doch gleichzeitig auch ängstlich und niedergeschlagen. Wo die Schönheit der Jugend ihre Züge hätte erleuchten und mit den frischesten Farben hätte kleiden sollen, waren sie verzerrt, runzlig und entstellt. Wo Engel hätten wohnen können, lauerten Teufel mit grimmigem, drohendem Blick. Keine Verwandlung, keine Entwürdigung der menschlichen Gestalt könnte so schreckliche und Grauen erregende Ungeheuer ergeben.

Entsetzt fuhr Scrooge zurück. Da ihm der Geist die beiden gezeigt hatte, versuchte er zu sagen, es wären schöne Kinder, aber die Worte blieben ihm ganz von selber im Hals stecken, damit er nicht so ungeheuer lügen sollte.

„Geist, sind das deine Kinder?“ Weiter konnte Scrooge nichts sagen.

„Es sind der Menschen Kinder“, erwiderte der Geist, auf sie herabschauend. „Und sie hängen sich an mich, um ihre Väter anzuklagen. Dieses Mädchen ist die Unwissenheit. Dieser Knabe ist der Mangel. Schau sie beide genau an – vor allem diesen Knaben. Auf seiner Stirn seh ich geschrieben, wessen Verhängnis es ist, wenn die Schrift nicht gelöscht wird. Leugnet es nur", rief der Geist, seine Hand nach der Stadt ausstreckend. „Bringt alle zum Schweigen, die es euch sagen! Gebt es auf keinen Fall zu und macht es von mir aus noch schlimmer! Und dann erwartet das Ende!"

„Hilft ihnen niemand, können sie denn nirgendwohin?", rief Scrooge.

„Gibt es keine Gefängnisse?", sprach der Geist, zum letzten Mal Scrooges eigene Worte gegen ihn gebrauchend. „Gibt es keine Armenhäuser?"

Die Glocke schlug zwölf.

Scrooge sah sich nach dem Geist um, aber der war verschwunden. Als der letzte Schlag verklungen war, erinnerte er sich an die Prophezeiung des alten Jacob Marley und sah, die Augen erhebend, ein tief verhülltes Gespenst auf sich zukommen, das wie ein Nebel auf dem Boden dahinschwebte.

Vierte Strophe

Der letzte Geist

Die Erscheinung kam langsam, feierlich und schweigend auf ihn zu. Als sie ganz nahe vor ihm stand, fiel Scrooge auf die Knie. Selbst auf die Luft im Zimmer, durch die sich der Geist bewegte, schien sein geheimnisvolles Grauen überzugehen.

Der Geist war in einen schwarzen, weiten Mantel gehüllt, der nichts von ihm sehen ließ, außer einer ausgestreckten Hand. Wäre diese nicht gewesen, hätte man ihn kaum erkennen können, denn die Gestalt war finster wie die Nacht.

Als sie neben ihm stand, fühlte er, dass sie groß und stattlich war und dass ihn ihre geheimnisvolle Gegenwart mit einem tiefen Grauen erfüllte. Er wusste weiter nichts, denn der Geist sprach und bewegte sich nicht.

„Stehe ich vor dem Geist der zukünftigen Weihnacht?“, fragte Scrooge.

Der Geist antwortete nicht, sondern wies mit der Hand vorwärts.

„Du willst mir die Schatten der Dinge zeigen, die noch nicht geschehen sind, aber noch geschehen werden?“, fuhr Scrooge fort. „Willst du das, Geist?“

Der obere Teil der Kapuze bauschte sich für einen Augenblick in Falten, als ob der Geist sein Haupt neige. Das war die einzige Antwort, die Scrooge bekam.

Obgleich sich Scrooge inzwischen ziemlich an gespenstische Gesellschaft gewöhnt hatte, ängstigte er sich vor der stummen Erscheinung doch so sehr, dass er weiche Knie bekam und kaum noch gehen konnte, als er sich bereitmachte ihr zu folgen. Der Geist stand für einen Augenblick still, als bemerke er die Furcht seines Begleiters und als wolle er ihm Zeit lassen, sich zu fassen.

Aber Scrooge ging es dadurch nur eher noch schlechter. Ein fremdes, unbestimmtes Grausen durchbebte ihn bei dem Gedanken, dass sich hinter diesem schwarzen Schleier gespenstische Augen fest auf ihn richteten, während er, obgleich er seine Augen aufs äußerste anstrengte, doch nichts sehen konnte als die gespenstische Hand und diese große, Furcht erregende schwarze Gestalt.

„Geist der Zukunft“, rief er, „ich fürchte dich mehr als die Geister, die ich schon gesehen habe. Aber da ich weiß, dass du die Absicht hast, mir zu helfen, und da ich hoffe, von nun an ein anderer

Mensch zu werden, will ich dich gerne begleiten und tue es mit dankbarem Herzen. Willst du nicht zu mir sprechen?“

Die Gestalt gab ihm keine Antwort. Die Hand wies gerade vor ihm in die Ferne.

„Führe mich“, bat Scrooge. „Führe mich, die Nacht schwindet schnell, und sie ist kostbar für mich. Führe mich, Geist.“

Die Erscheinung bewegte sich ebenso von ihm weg, wie sie auf ihn zugekommen war. Scrooge folgte dem Schatten ihres Gewandes, der ihn einhüllte und fortbrachte.

Es war nicht, als ob sie die Stadt beträten; vielmehr schien die Stadt rings um sie her in die Höhe zu wachsen und sie zu umdrängen. Aber sie waren doch mitten in ihrem Zentrum, auf der Börse unter den Kaufleuten, die geschäftig hin und her eilten, mit dem Geld in ihren Taschen klimperten, in Gruppen miteinander sprachen, nach der Uhr sahen und gedankenvoll mit den großen, goldenen Anhängern an den Uhrketten spielten, wie Scrooge es schon so oft gesehen hatte.

Der Geist blieb bei einer Gruppe von Kaufleuten stehen, und Scrooge sah, dass die Hand der Erscheinung auf diese zeigte. Daher näherte er sich ihnen, um ihr Gespräch zu belauschen.

„Nein, ich weiß nicht viel von dieser Sache“, sagte ein großer fetter Mann. „Ich weiß nur, dass er tot ist.“

„Wann starb er denn?“, fragte ein anderer.

„Vorige Nacht, glaube ich.“

„Guter Gott, was hat ihm denn gefehlt?“, mischte sich ein Dritter ein, der dabei eine große Prise Schnupftabak aus einer riesigen Dose nahm. „Ich dachte schon, er würde niemals sterben.“

„Weiß Gott“, sagte der erste und gähnte.

„Was hat er denn nun mit seinem Geld angefangen?“, fragte ein Herr mit rotem Gesicht und einem ungeheueren Doppelkinn, was ihm das Aussehen eines fetten Truthahns verlieh.

„Ich habe nichts davon gehört“, sagte der große fette Mann und gähnte wieder gelangweilt. „Wahrscheinlich hat er es seiner Firma hinterlassen. Mir

hat er's jedenfalls nicht vermacht. Das weiß ich."
Daraufhin erhob sich allgemeines Gelächter.
„Es wird wohl ein sehr billiges Begräbnis werden", fuhr der Dicke mit dem Doppelkinn fort; „denn so wahr ich lebe, ich kenne niemanden, der hingehen wird. Wenn wir uns nun zusammentäten und freiwillig mitgingen?"
„Ich mache mit, wenn für einen Leichenschmaus gesorgt wird", bemerkte der Herr mit dem Truthahnhals. „Aber es muss etwas zu essen geben, wenn ich dabei sein soll."
Erneutes Gelächter.
„Nun, da bin ich doch wohl der Uneigennützigste von euch", meinte der erste wieder, „denn ich trage nie schwarze Handschuhe und esse nie zu Mittag. Aber ich gehe mit, wenn sich noch andere finden. Wenn ich es mir recht überlege, war ich am Ende sein allerengster und vertrautester Freund; denn

wir blieben stehen und sagten einander sogar, wenn wir uns auf der Straße trafen: ‚Guten Tag!'"
Sprecher und Zuhörer gingen danach ihrer Wege und mischten sich unter andere Leute. Scrooge kannte sie und sah den Geist mit fragendem Blick an.
Die Erscheinung schwebte weiter und hinaus auf die Straße.
Ihre Hand wies auf zwei sich begegnende Personen. Und wieder hörte Scrooge zu, in der Hoffnung, jetzt die Erklärung zu finden, denn er kannte auch diese Leute recht gut. Es waren Kaufleute, sehr reich und von weithin bekannt. Er hatte sich immer bemüht, in ihrer Achtung zu stehen, das heißt natürlich nur in Geschäftssachen, rein in Geschäftssachen.
„Wie geht's?", sagte der eine.
„Wie geht's Ihnen?", entgegnete der andere.
„Gut", erwiderte der erste. „Der alte Geizkragen ist endlich tot, wissen Sie es schon?"
„Ich hörte es", antwortete der zweite. „Es ist kalt heute, nicht wahr?"
„Wie sich's zu Weihnachten gehört. Sie sind wohl kein Schlittschuhläufer?"
„Nein, nein. Habe an andere Sachen zu denken. Schönen Tag noch!"
Kein Wort weiter. So trafen sie sich, und so trennten sie sich wieder.
Scrooge war anfangs erstaunt, dass der Geist auf

anscheinend so unbedeutende Gespräche Wert zu legen schien, aber sein Gefühl sagte ihm, dass sie eine verborgene Bedeutung für ihn haben müssten, und er zerbrach sich den Kopf, was es wohl sein könnte.

Die Gespräche konnten sich nicht auf den Tod Jacobs, seines alten Geschäftspartners, beziehen, denn der gehörte der Vergangenheit an und sein Begleiter war doch der Geist der Zukunft. Auch konnte er sich niemanden aus seinem Umfeld vorstellen, auf den er ihre Gespräche hätte beziehen können. Aber in der Gewissheit, dass sie eine für ihn verborgene Moral zu seiner eigenen Besserung enthielten, beschloss er, jedes Wort, das er hörte, und jede Szene, die er sah, gut in seinem Herzen aufzubewahren, besonders aber seinen Schatten zu beobachten, wenn er erschien. Denn er erwartete vom Benehmen seines zukünftigen Selbst die noch fehlenden Aufklärungen und die Lösung der Rätsel, die ihm jetzt so schwierig vorkamen.

Schon auf der Börse sah er sich nach seinem Selbst um; aber ein anderer stand in seiner gewohnten Ecke. Und obgleich die Uhr die Stunde zeigte, in der er gewöhnlich anwesend war, entdeckte er sich doch nicht unter den Massen, die sich durch den Eingang hereindrängten. Das überraschte ihn indessen nicht so sehr, weil er schon öfters mit dem Gedanken gespielt hatte, sein Geschäft zu verkaufen. Nun glaubte und hoffte er, in diesem Erschei-

nungen schon die einstige Verwirklichung seines Planes zu erblicken.
Regungslos und schwarz stand neben ihm das Gespenst mit seiner starr ausgestreckten Hand. Als Scrooge wieder aufblickte, glaubte er (nach der Richtung der Hand zu urteilen), dass sich die unsichtbaren Augen fest auf ihn hefteten. Bei diesem Gedanken überlief ihn ein kalter Schauer.
Sie verließen darauf die geschäftige Umgebung und gingen in einen abgelegenen Teil der Stadt, wo Scrooge nie vorher gewesen war, dessen Lage und schlechten Ruf er aber kannte. Die Straßen waren schmutzig und eng, die Läden und Häuser ärmlich, die Menschen hatten zerissene Kleider an, und viele waren betrunken, barfuß und hässlich. In kleinen Gassen und verwinkelten Höfen flossen schmutzige Rinnsale, Abscheu erregende Gerüche lagen in

der Luft über den Straßen, und das ganze Viertel schien erfüllt von Verbrechen, Unrat und Elend.
In einem der tiefsten Winkel dieses Zufluchtsorts der Sünde und des Verbrechens befand sich ein niedriger, dunkler Laden unter einem Wetterdach, in dem Eisen, Lumpen, Flaschen, Knochen und Fleischabfälle verkauft wurden. Auf dem Fußboden im Inneren lag ein Haufen verrosteter Schlüssel, Nägel, Ketten, Türangeln, Feilen, Wagen, Gewichte und Schrott aller Art. Geheimnisse, die besser unerforscht bleiben, verbargen sich in Bergen widerlicher Lumpen, Massen verdorbenen Fettes und ganzen Friedhöfen von herumliegenden Knochen. Mitten unter seinen Waren saß neben einem mühsam zusammengeflickten Ofen ein grauhaariger, fast 70-jähriger Kerl, der sich vor der Kälte draußen durch einen Vorhang aus allerlei verdreckten Decken geschützt hatte und der voll Behagen miserablen Tabak in seiner Pfeife rauchte.
Scrooge und die Erscheinung traten neben diesen Mann, als eine Frau mit einem schweren Bündel in den Laden schlich. Kaum war sie eingetreten, als ihr eine zweite Frau, ebenfalls mit einem Bündel, folgte, und dieser dicht auf den Fersen ein Mann in einem alten, schwarzen, abgetragenen Anzug, der nicht weniger vor dem Anblick der beiden Frauen erschrak, als diese kurz zuvor voreinander erschrocken waren. Nach einigen Augenblicken wortlosen Staunens, an dem sich der Alte mit der Pfeife

beteiligt hatte, brachen sie alle drei in lautes Gelächter aus.
„Schau an, die Putzfrau ist die Erste“, rief die, die zuerst eingetreten war.
Und die Putzfrau erwiderte: „Schau an, die Waschfrau ist die zweite, und der Sargträger ist der dritte. He, Joe, das ist ein Glücksfall! Wir treffen uns hier alle drei, ohne dass wir uns verabredet haben.“
„Ihr hättet euch an keinem bessern Ort treffen können“, sagte der alte Joe, die Pfeife aus dem Mund nehmend. „Kommt in den Salon. Ihr habt schon lange freien Zutritt dort, das wisst ihr ja. Wartet, bis ich die Ladentür zugemacht habe. Oh, wie sie knarrt! Ich glaube, es gibt kein noch rostigeres Stück Schrott in dem ganzen Laden als diese Türangeln. Und ich weiß, es gibt keine älteren Knochen hier als meine. Haha, wir passen zu unserem Geschäft. Kommt in den Salon!“
Der Salon war der Raum hinter einem anderen Lumpenvorhang. Der Alte kratzte das Feuer mit einer alten Schaufel zusammen, schob den Docht seiner rußigen Petroleumlampe mit dem Mundstück seiner Pfeife etwas nach oben und rauchte dann wieder, ohne sie auch nur abzuwischen.
Während er damit beschäftigt war, warf die zuerst eingetretene Frau ihr Bündel auf den Boden und setzte sich gespielt damenhaft auf einen Stuhl. Dann legte sie die Hände auf die Knie und sah die beiden anderen herausfordernd an.

„Nun, was ist dabei, was ist schon dabei, Mrs Dilber? Jeder hat das Recht, für sich zu sorgen. Und er tat es ja auch immer."
„Das ist wahr", sagte die Waschfrau. „Keiner tat es eifriger."
„Na, warum gafft ihr da einander an, als hättet ihr Zweifel, wer der Schlauere sei? Wir wollen uns doch nicht streiten, oder? Eine Krähe hackt doch der anderen die Augen nicht aus."
„Nein, gewiss nicht", sagten Mrs Dilber und der Mann wie aus einem Munde. „Wir wollen es nicht hoffen."
„Na, also gut", rief die Frau, „das ist genug! Wem schadet's, wenn wir so ein paar Sachen einfach mitnehmen, wie die hier? Einem toten Mann bestimmt nicht."
„Nein, ganz gewiss nicht", lachte Mrs Dilber.
„Wenn er sie noch nach dem Tode behalten wollte, der alte Geizhals", fuhr die Frau fort, „warum war er dann nicht besser zu seinen Lebzeiten? Wäre er's gewesen, dann hätte er auch jemanden um sich gehabt, als er starb, statt mutterseelenallein seinen letzten Atemzug tun zu müssen."
„Das ist das wahrste Wort, das je gesprochen wurde", bestätigte Mrs Dilber.
„Es war die Strafe Gottes."
„Ich wünschte, sie wäre ein bisschen strenger ausgefallen", meinte die Frau. „Und das wäre sie auch, verlasst euch nur drauf, wenn ich mehr hätte tra-

gen können. Mach das Bündel auf, Joe, und sag mir, was es wert ist. Sprich frei heraus. Ich fürchte mich weder, die Erste zu sein, noch es die anderen hier sehen zu lassen. Wir wussten ganz gut, dass wir nur für uns sorgten, ehe wir uns hier trafen. Das ist keine Sünde. Mach das Bündel auf, Joe."

Aber die gespielte Feinheit ihrer Freunde wollte das nicht erlauben, und der Mann in dem abgetragenen schwarzen Rock zeigte seine Beute zuerst. Es war nicht viel los damit: ein oder zwei goldene Uhrketten, ein silberner Füllfederhalter, ein Paar Hemdknöpfe und eine Brosche von geringem Wert. Das war alles. Die Gegenstände wurden vom alten Joe untersucht und geschätzt, worauf er die Summe, die er für das einzelne bezahlen wollte, an die Wand schrieb und zusammenrechnete, als er sah, dass nichts mehr nachkam.

„Das kann ich zahlen“, sagte Joe zu dem Mann, „aber keinen Cent mehr und sollte ich in Stücke gehauen werden. Wer kommt jetzt an die Reihe?“

Mrs Dilber war die Nächste. Sie hatte Bettbezüge und Handtücher, einige Kleidungsstücke, zwei altmodische silberne Teelöffel, eine Zuckerzange und ein Paar Stiefel. Der Betrag dafür wurde von Joe auf dieselbe Weise an die Wand geschrieben.

„Den Damen gebe ich immer zu viel. Es ist meine Schwäche, und ich richte mich damit zugrunde“, sagte der alte Joe. „Hier ist Euer Geld. Wolltet Ihr auch nur etwas mehr dafür haben und es aufs Feilschen ankommen lassen, so täte es mir Leid, so anständig gewesen zu sein, und ich zöge Euch die Hälfte wieder ab.“

„Und nun mach mein Bündel auf, Joe“, drängte die erste.

Joe kniete nieder, um das Bündel bequemer öffnen zu können, und nachdem er viele Knoten aufgemacht hatte, zog er eine große schwere Rolle von dunklem Stoff heraus.

„Was ist das?“ staunte Joe. „Bettvorhänge!“

„Ja“, rief das Weib lachend und sich vorbeugend. „Bettvorhänge!“

„Ihr wollt doch nicht sagen, Ihr hättet sie heruntergenommen, als er noch im Bett lag?“, fragte Joe.

„Aber freilich“, sagte das Weib. „Warum denn auch nicht?“

„Ihr seid geboren, Euer Glück zu machen, und Ihr werdet's auch tun."
„Ich werde doch wahrhaftig meine Hand nicht leer einstecken, wenn ich sie nur auszustrecken brauche, um etwas zu kriegen. Doch nicht um so eines Mannes willen, wie der war. Wahrhaftig nicht, Joe", antwortete das Weib ruhig. „Lass kein Öl auf die Bettdecke tropfen."
„Seine Bettdecke?", fragte Joe.
„Von wem soll sie denn sonst sein?", entgegnete das Weib. „Er wird auch ohne sie jetzt nicht mehr frieren, behaupte ich."
„Er starb doch hoffentlich an nichts Ansteckendem?", fragte der alte Joe sorgenvoll, seine Beschäftigung unterbrechend und sie anblickend.
„Das braucht ihr nicht zu befürchten", antwortete die Frau. „Ich hatte ihn nicht so gern, dass ich in so einem Fall bei ihm geblieben wäre, nur um diese Lumpen zu bekommen. Ha, ihr könnt das Hemd begutachten, bis euch eure Augen wehtun: Ihr findet kein Loch darin und keine abgewetzte Stelle. Es ist das beste, was er hatte. Sie hätten es verderben lassen, wenn ich nicht gewesen wäre."
„Wie meint ihr das?", fragte der alte Joe.
„Nun, sie hätten ihm das Hemd ins Grab mitgegeben, was sonst?", erwiderte die Frau lachend. „Es war einer dumm genug, es ihm anzuziehen, aber ich zog es ihm wieder aus. Wenn Baumwolle für so etwas nicht auch gut genug ist, dann weiß ich wirk-

lich nicht mehr weiter. Das steht einer Leiche ebenso gut. Er kann ohne dem Hemd gar nicht hässlicher aussehen, als er darin schon aussah.“

Scrooge hörte das Gespräch mit Entsetzen an. Wie sie da um ihren Raub herum im spärlichen Lampenlicht des Alten saßen, betrachtete er sie mit einem Ekel und Abscheu, der nicht größer hätte sein können, wenn es grässliche Teufel gewesen wären, die um die Leiche selbst geschachert hätten.

„Ha, ha!“, lachte die eine Frau, als der alte Joe einen alten ledernen Geldbeutel hervorholte und jedem den Preis der gestohlenen Sachen bezahlte.

„Das ist das Ende der Geschichte, seht ihr! Er scheuchte jeden davon, solange er lebte, und nun, da er tot ist, nützt er uns endlich einmal! Hahaha!“

„Geist“, sagte Scrooge, von Kopf bis Fuß zitternd.

„Ich verstehe jetzt. Das Los dieses Unglücklichen könnte auch das meinige sein. Mein Leben hat bis jetzt dieselbe Richtung eingeschlagen. Gütiger Himmel, was ist das?“

Er fuhr entsetzt zurück, denn die Szene hatte sich verändert, und er stand dicht vor einem Bett, einem einsamen, unverhängten Bett, in dem unter einer groben Decke etwas Verhülltes lag, das, obgleich stumm, in einer schrecklichen Sprache verkündete, was es war.

Das Zimmer war sehr dunkel, zu dunkel, um etwas Genaueres erkennen zu können. Scrooge sah sich trotzdem angestrengt um, einem geheimen Gefühl folgend, um zu wissen, was für ein Zimmer es sei. Ein bleiches Licht, das von draußen hereinfiel, leuchtete gerade aufs Bett. Auf diesem, geplündert und beraubt, unbewacht und unbeweint, lag die Leiche des Mannes.

Scrooge blickte die Erscheinung an. Ihre regungslose Hand wies auf das Haupt des Leichnams. Die Decke war so lieblos darüber geworfen, dass sie bei der leisesten Berührung von Scrooges Fingern heruntergerutscht wäre und das Gesicht des Toten enthüllt hätte. Er dachte daran, fühlte, wie leicht es doch wäre, und sehnte sich, es zu tun, aber er hatte ebenso wenig die Kraft und den Mut, die Decke wegzuziehen, wie er den Geist an seiner Seite wegzuschicken vermochte.

Er dachte, wenn dieser Mann jetzt wieder erweckt werden könnte, was würde wohl sein erster Gedanke sein? Nur Geiz, Hartherzigkeit, Habgier. – Ein schönes Ende, das hatte er nun davon! Er lag in dem düsteren leeren Haus, und kein Mann, keine Frau, kein Kind war da, um zu sagen: „Er war gütig gegen mich in diesem und in jenem, und in der Erinnerung an dieses eine gütige Wort will ich nun eine Weile hier bei ihm bleiben.“ Eine Katze kratzte an der Tür, und die Ratten nagten und raschelten unter dem Kamin. Was sie in dem Zimmer des Todes wollten und warum sie so unruhig waren, daran wollte Scrooge nicht denken.

„Geist“, sagte er, „dies ist ein schrecklicher Ort. Wenn ich ihn verlasse, wird mir seine Lehre unvergesslich bleiben, glaube mir. Lass uns gehen.“
Immer noch wies der Geist mit regungslosem Finger auf das Haupt der Leiche.

„Ich verstehe dich“, antwortete Scrooge, „und ich täte es, wenn ich könnte. Aber es fehlt mir die Kraft, ihn anzusehen. Es fehlt mir die Kraft dazu.“
Wieder schien ihn der Geist anzublicken.
„Wenn irgendjemand in der Stadt ist, der bei dieses Mannes Tod etwas fühlt“, bat Scrooge ganz erschüttert, „so zeige ihn mir, Geist, ich flehe dich an.“
Die Erscheinung breitete ihren dunklen Mantel einen Augenblick vor ihm aus wie einen Fittich. Und als sie ihn wieder wegzog, sah er ein taghelles Zimmer, in dem sich eine Mutter mit ihren Kindern befand.

Sie wartete anscheinend auf jemanden und sorgte sich um ihn, denn sie ging im Zimmer auf und ab, erschrak bei jedem Geräusch, sah zum Fenster hinaus, blickte nach der Uhr, versuchte umsonst, sich zu beschäftigen, und konnte kaum die Stimmen der spielenden Kinder ertragen.
Endlich vernahm sie das lang ersehnte Klopfen an der Haustür, und als sie hinausgehen wollte, kam ihr der Gatte entgegen. Sein Gesicht war abgehärmt und bekümmert, obgleich er noch jung war! Es zeigte sich jetzt ein merkwürdiger Ausdruck darin: eine Art ernster Freude, deren er sich schämte und die er zu verbergen versuchte.
Er setzte sich zum Essen nieder, das man ihm am Feuer warm gehalten hatte; und als die Frau ihn nach langem Schweigen fragte, was er für Nachrichten bringe, schien er um Antwort verlegen zu sein.
„Sind es gute", fragte sie, „oder schlechte?"
„Schlechte", gab er zur Antwort.
„Sind wir ganz zugrunde gerichtet?"
„Nein, noch gibt es Hoffnung, Caroline."
„Wenn er sich erweichen lässt", rief sie erstaunt, „dann gibt es noch Hoffnung! Nichts ist hoffnungslos, wenn ein solches Wunder geschehen ist."
„Für ihn ist es zu spät, Erbarmen zu zeigen", sagte der Gatte. „Er ist tot."
Wenn ihr Gesicht die Wahrheit sprach, so war sie ein mildes und geduldiges Wesen. Aber dennoch

dankte sie dem Himmel mit gefalteten Händen für diese Nachricht. Doch schon im nächsten Augenblick bat sie Gott, dass er ihr verzeihen möge, und bereute es. Aber das erste Gefühl, die Erleichterung, war die Stimme ihres Herzens gewesen.

„Was mir die halb betrunkene Frau gestern Abend sagte, als ich ihn sprechen und um eine Woche Aufschub bitten wollte, und was ich nur für einen bloßen Vorwand hielt, um mich abzuweisen, erweist sich jetzt als die reine Wahrheit: Er war nicht nur sehr krank, er lag schon im Sterben."

„Auf wen wird unsere Schuld übergehen?"

„Ich weiß es nicht. Aber noch vor dieser Zeit werden wir das Geld haben. Selbst, wenn dies nicht möglich sein sollte, wäre es unwahrscheinliches Pech, in seinem Erben einen ebenso unbarmherzigen Gläubiger zu finden. Wir können heut Nacht leichteren Herzens schlafen, Caroline."

Ja, sie mochten es zu unterdrücken versuchen: Ihre Herzen waren leichter. Die Gesichter der Kinder, die sich still um die Eltern drängten, um zu hören, was sie so wenig verstanden, erhellten sich, und alle wurden glücklicher durch den Tod dieses Mannes. Das einzige von diesem Ereignis hervorgerufene Gefühl, das ihm der Geist zeigen konnte, war also eins der – wenn auch verhaltenen – Freude.

„Lass mich ein einziges bei einem Todesfall empfundene Gefühl der Anteilnahme sehen", bat

Scrooge, „oder mir wird dieses dunkle Zimmer, das wir gerade verlassen haben, immer vor Augen bleiben."

Nun führte ihn der Geist durch mehrere Straßen, die er oft gegangen war. Und indem sie vorüberschwebten, hoffte Scrooge sich hier und da zu erblicken, aber nirgends war er zu sehen. Sie traten in Bob Cratchits Haus, dessen Wohnung sie schon früher besucht hatten, und fanden dort die Mutter mit den Kindern um das Feuer sitzen.

Alles war ruhig, alles war still, sehr still. Die lärmenden kleinen Cratchits saßen stumm, wie versteinert, in einer Ecke und sahen auf Peter, der ein Buch vor sich hatte. Mutter und Töchter nähten. Aber auch sie waren still, ganz still.

„Und er nahm ein Kind und stellte es in ihre Mitte."

Wo hatte Scrooge diese Worte gehört? Der Knabe musste sie gelesen haben, als er und der Geist über die Schwelle traten. Warum fuhr der Leser nicht fort?

Die Mutter legte ihre Arbeit auf den Tisch und strich mit der Hand über die Augen.

„Die Farbe des Fadens tut meinen Augen weh", sagte sie.

Die Farbe? Ach, der arme Tiny Tim!

„Es geht jetzt wieder besser", sagte Cratchits Frau.

„Die Farbe tut mir weh bei diesem Licht, und ich

möchte nicht, dass Vater, wenn er heimkommt, meine roten Augen sieht. Es muss bald Zeit sein."
„Fast schon vorüber", erwiderte Peter, das Buch schließend. „Aber ich glaube, Mutter, er geht jetzt irgendwie langsamer als früher."
Sie waren wieder sehr still. Endlich sagte sie mit einer ruhigen, heiteren Stimme, die nur ein einziges Mal zitterte:
„Ich weiß, dass er mit – ich weiß, dass er mit Tiny Tim auf der Schulter sehr schnell ging."
„Ich auch", rief Peter. „Oft."
„Ich auch", stimmten die anderen ein.
„Aber er war sehr leicht zu tragen", fing sie wieder an, den Blick fest auf ihre Arbeit gerichtet, „und der Vater liebte ihn so, dass es keine Last für ihn war – keine Last. Doch horch: da kommt der Vater."
Sie eilten ihm entgegen, und Bob mit dem Schal – der arme Kerl hatte ihn nötig – trat herein. Sein Tee stand bereit, und sie drängten sich alle um ihn, denn jeder wollte ihn am besten bewirten. Dann kletterten die beiden kleinen Cratchits auf seine Knie, und beide Kinder legten ihre kleinen Wangen an die seine, als wollten sie sagen: „Gräm dich nicht zu sehr, lieber Vater, sei nicht so traurig."
Bob war sehr heiter und sprach munter mit der ganzen Familie. Er besah die Arbeit auf dem Tisch und lobte den Fleiß und den Eifer seiner Frau und seiner Töchter. Sie würden lange vor Sonntag fertig sein, meinte er.

„Sonntag!“, wiederholte die Frau. „Du warst also heute dort, Robert?“
„Ja, meine Liebe“, antwortete Bob. „Ich wollte, du hättest auch hingehen können. Du hättest dich gefreut zu sehen, wie grün es dort ist. Aber du wirst es noch oft sehen. Ich versprach ihm, sonntags hinzugehen. Mein liebes, liebes Kind!“, meinte Bob. „Mein liebes Kind!“
Er brach auf einmal zusammen. Er konnte nicht anders. Hätte er anders gekonnt, so wären er und sein Kind einander wohl weniger nahe gewesen.
Er verließ die Stube und ging die Treppe hinauf in ein Zimmer, das hell erleuchtet und für Weihnachten vorbereitet war. Ein Stuhl stand dicht neben dem Kind und man sah, dass vor kurzem jemand da gewesen war. Der arme Bob setzte sich nieder, und als er ein wenig nachgedacht und sich gefasst hatte, küsste er das kleine kalte Gesicht. Er war versöhnt mit dem, was geschehen war, und ging dann wieder hinunter, ganz heiter.
Sie setzten sich um das Feuer und unterhielten sich. Die Mädchen und die Mutter arbeiteten weiter. Bob erzählte ihnen von Scrooges Neffen und seiner außerordentlichen Freundlichkeit, obwohl er ihn kaum ein einziges Mal gesehen habe. Er habe ihn heute auf der Straße getroffen, und als jener bemerkte, dass er ein wenig niedergeschlagen aussähe, habe er ihn gefragt, was ihn bekümmere. „Hierauf“, sagte Bob, „erzählte ich es ihm, denn er

ist der freundlichste junge Herr, den ich kenne. ‚Ich bedaure Sie herzlich, Mr Cratchit‘, sagte er, ‚und auch Ihre gute Frau.‘ – Übrigens möchte ich wissen, wie er es erfahren hat.“

„Was erfahren hat, mein Lieber?“

„Nun, dass du eine gute Frau bist“, antwortete Bob.

„Jedermann weiß das“, meinte Peter.

„Sehr gut bemerkt, mein Junge“, rief Bob. „Ich hoffe, du hast Recht. ‚Herzlich bedaure ich Ihre gute Frau‘, sagte er. ‚Wenn ich Ihnen auf irgendeine Weise behilflich sein kann‘, setzte er hinzu, indem er mir seine Karte gab, ‚hier ist meine Adresse. Kommen Sie nur zu mir.‘ Nun ist es nicht gerade deswegen“, sprach Bob, „weil er etwas für uns tun könnte, sondern mehr seiner herzlichen Art wegen, dass ich mich darüber so freute. Es schien wirklich, als habe er unseren Tiny Tim gekannt und fühle mit uns.“

„Er ist gewiss eine gute Seele“, sagte Mrs Cratchit.

„Du würdest noch mehr davon überzeugt sein, meine Liebe“, antwortete Bob, „wenn du ihn sähest und mit ihm sprächest. Es sollte mich nicht wundern, wenn er Peter eine bessere Stelle verschaffte. Denkt an meine Worte.“

„Nun höre nur, Peter“, sagte Mrs Cratchit.

„Und dann“, rief eines der Mädchen, „wird sich Peter nach einer Frau umsehen.“

„Ach, sei still“, antwortete Peter lachend.
„Nun, das kann schon kommen“, sagte Bob, „doch bis dahin hat er noch eine Menge Zeit. Aber wie und wann wir uns auch voneinander trennen sollten, so bin ich doch überzeugt, dass keiner von uns den armen Tiny Tim vergessen wird oder diese erste Trennung, die wir erfuhren.“
„Niemals, Vater“, riefen alle.
„Und ich weiß“, sagte Bob, „ich weiß, meine Lieben, wenn wir daran denken, wie geduldig und sanft er war, obgleich er nur ein kleines Kind war, werden wir uns nicht so leicht zanken und den guten Tiny Tim vergessen, indem wir's tun.“
„Nein, niemals, Vater“, riefen wieder alle.
„Ich bin sehr glücklich“, sagte Bob, „sehr glücklich.“
Mrs Cratchit küsste ihn, seine Töchter küssten ihn, die beiden kleinen Cratchits küssten ihn auch, und Peter und er drückten sich die Hand.
„Geist“, sprach Scrooge, „irgendetwas sagt mir, dass wir uns bald trennen werden. Ich weiß es, aber ich weiß nicht woher. Sag mir, wer war es, den wir auf dem Totenbett sahen?“
Der Geist der zukünftigen Weihnacht führte ihn wie zuvor – doch zu verschiedener Zeit, wie es ihm vorkam, und überhaupt schien in den letzten abwechselnden Erscheinungen keine zeitliche Abfolge mehr stattzufinden – an die Treffpunkte der Geschäftsleute, aber er sah sich selber nicht. Der

Geist hielt sich nirgends auf, sondern schwebte immer weiter, wie nach dem Ort zu, wo Scrooge die gewünschte Lösung des Rätsels finden würde, bis ihn dieser bat, einen Augenblick zu verweilen.
„Ja, dieser Hof, durch den wir jetzt eilen“, sagte Scrooge, „war einst mein Geschäft und war es lange Jahre hindurch. Ich erkenne das Haus. Lass mich sehen, wie es in den kommenden Tagen um mich stehen wird.“
Der Geist stand still – die Hand zeigte anderswohin.
„Das Haus ist dort“, rief Scrooge. „Warum zeigst du in eine andere Richtung?“
Der unerbittliche Finger änderte seine Richtung nicht.
Scrooge eilte zum Fenster seines Büros und schaute hinein. Es war noch ein Büro, aber nicht das seinige. Die Möbel waren nicht dieselben, und die Gestalt in dem Stuhl war nicht er selbst. Die Erscheinung zeigte nach derselben Richtung wie vorher.
Er trat wieder zu ihr hin, und nachsinnend, warum und wohin sie gingen, begleitete er sie, bis sie ein eisernes Tor erreichten. Er stand still, um sich vor dem Eintreten umzusehen.
Es war ein Friedhof. Hier also lag der Unglückliche unter der Erde, dessen Namen er noch erfahren sollte. Der Ort war seiner würdig. Rings von hohen Häusern umgeben, fast ohne Licht und überwuchert vom hässlichsten Unkraut.

Der Geist stand inmitten der Gräber still und deutete auf eins hinab. Scrooge näherte sich ihm zitternd. Die Erscheinung war noch ganz so wie früher, aber es schien ihm, als sähe er eine neue Bedeutung in der düsteren Gestalt.
„Ehe ich mich dem Stein nähere, den du mir zeigst“, sagte Scrooge, „beantworte mir eine Frage. Sind dies die Schatten der Dinge, wie sie sein werden, oder nur, wie sie kommen könnten?“
Immer noch wies der Geist auf das Grab hin, vor dem sie standen.
„Die Wege des Menschen tragen ihr Ziel in sich“, murmelte Scrooge. „Aber schlägt er einen andern Weg ein, so ändert sich das Ziel. Sag, ist es so mit dem, was du mir zeigen wirst?“
Der Geist blieb so unbeweglich wie zuvor.
Scrooge näherte sich schlotternd dem Grabe, und wie er der Richtung des Fingers folgte, war auf dem Stein sein eigener Name zu lesen.

„Bin ich es, der auf jenem Bett lag?“, rief er, in die Knie sinkend.

Der Finger zeigte von dem Grabe fort auf ihn und wieder zurück.

„Nein, Geist, oh nein!“

Noch immer deutete der Finger in dieselbe Richtung.

„Geist“, rief Scrooge, sich fest an sein Gewand klammernd, „ich bin nicht mehr der Mensch, der ich einmal war. Ich will ein anderer Mensch werden, als ich vor diesen Tagen gewesen bin. Warum zeigst du mir dies, wenn alle Hoffnung für mich vorüber ist?“

Zum ersten Male schien des Geistes Hand zu zittern.

„Guter Geist“, fuhr Scrooge fort, „dein eigenes Herz legt bittend für mich ein Wort ein und bedauert mich. Sag mir, dass ich durch ein verändertes Leben die Schattenbilder, die du mir gezeigt hast, ändern kann!“

Die gütige Hand zitterte.

„Ich will Weihnachten in meinem Herzen ehren, ich will es feiern. Ich will in der Vergangenheit, in der Gegenwart und in der Zukunft leben. Die Geister von allen dreien sollen in mir lebendig sein. Ich will mein Herz nicht ihren Lehren verschließen. Oh sage mir, dass es noch nicht zu spät ist!“

In seiner Angst ergriff Scrooge die gespenstige Hand. Sie versuchte, sich von ihm loszumachen, aber er war stark in seinem Flehen und hielt sie fest. Der Geist war dennoch stärker und stieß ihn zurück.

Während Scrooge die bebenden Hände zu einem letzten Flehen in die Höhe hielt, sah er die Erscheinung sich verändern. Sie wurde kleiner und kleiner und schwand zu einem Bettpfosten zusammen.

Fünfte Strophe

Das Ende

Ja, es war sein eigener Bettpfosten. Es war sein Bett und sein Zimmer. Und was das Glücklichste und Beste war: Die Zukunft gehörte noch ihm, und er wollte sie nutzen, um sich zu bessern.

„Ich will in der Vergangenheit, in der Gegenwart und in der Zukunft leben", wiederholte Scrooge, als er aus dem Bett kletterte. „Die Geister von allen dreien sollen in mir lebendig sein. Oh, Jacob Marley! Der Himmel und die Weihnachtszeit seien dafür gepriesen! Ich sage es auf meinen Knien, alter Jacob, auf meinen Knien."

Er war von seinen guten Vorsätzen so erregt und außer sich, dass seine Stimme ihm kaum gehorchen wollte. Während er mit dem Geist gerungen hatte, hatte er bitterlich geweint, und sein Gesicht war noch nass von den Tränen.

„Sie sind nicht herabgerissen", rief Scrooge, einen der Bettvorhänge an sein Herz drückend, „sie sind nicht gestohlen. Sie sind da, ich bin da, die Schatten der Dinge in der Zukunft können vertrieben werden. Ich weiß es, ich weiß es gewiss."

Während dieser ganzen Zeit waren seine Hände mit seiner Kleidung beschäftigt: Er zog sie verkehrt an, zerriss sie vor lauter Eile, verlegte sie und machte allerhand verrückte Sprünge.

„Ich weiß nicht, was ich ...", rief Scrooge weinend und lachend zugleich und kämpfte mit seinen Strümpfen wie mit zwei Schlangen. – „Ich bin leicht wie eine Feder, selig wie ein Engel, vergnügt wie ein Schulknabe, schwindlig wie ein Betrunkener. Fröhliche Weihnachten allen Menschen! Ein glückliches neues Jahr der ganzen Welt! Hussa! Hurra!"

Er war in das Wohnzimmer gesprungen und blieb jetzt ganz außer Atem darin stehen.

„Da ist die Schüssel, in der der Haferschleim war!", rief Scrooge, indem er um den Kamin herumhüpfte. „Da ist die Tür, durch die Jacob Marleys Geist hereinkam. Da ist die Ecke, wo der Geist der diesjährigen Weihnacht saß. Da ist das Fenster, wo ich die ruhelosen Geister sah! Es ist alles richtig, es ist alles wahr, es ist alles geschehen. Hahahaha!"

Für einen Mann, der so lange Jahre aus der Übung gekommen war, musste man das wirklich ein vollauf gelungenes Lachen nennen, ein herrliches Lachen. Es war das erste einer langen, langen Reihe herzlicher Gelächter!

„Ich weiß nicht, den Wievielten wir heute haben",

rief Scrooge. „Ich weiß nicht, wie lange ich unter den Geistern gewesen bin. Ich weiß gar nichts. Ich bin wie ein neugeborenes Kind. Es schadet nichts. Ist mir egal. Dann bin ich eben ein Kind. Hallo! Hussa! Hurra!"
Er wurde in seinen Freudenausbrüchen vom Geläut der Kirchenglocken unterbrochen, die ihm so fröhlich zu klingen schienen wie nie vorher. Bimbam, kling-klang, bim-bam. Nein, es war herrlich, einfach herrlich!
Er lief zum Fenster, öffnete es und steckte den Kopf hinaus. Kein Nebel: ein klarer, lustig-heller, frischfroher Morgen, eine Kälte, die seinem Blut einen Tanz vorpfiff. Goldenes Sonnenlicht, ein blauer Himmel, lieblich-erquickende Luft, fröhliche Glocken. Oh wie herrlich, wie herrlich!
„Was ist denn heute für ein Tag?", rief Scrooge einem Knaben zu, der unterm Fenster stand.
„Wie bitte?", fragte der Knabe mit der allergrößten Verwunderung.
„Was ist heut für ein Tag, mein Junge?", fragte Scrooge.

„Heute?", fragte der Knabe. „Nun, heute ist der erste Weihnachtstag."
„Es ist Weihnachten", sagte Scrooge zu sich selbst. „Ich habe also

nichts versäumt. Die Geister haben alles in einer Nacht erledigt. Sie können alles, was sie wollen. Natürlich, natürlich. – Heda, mein Junge!"
„Was denn?", antwortete der Knabe.
„Kennst du den Geflügelhändler an der Ecke der zweitnächsten Straße?", fragte Scrooge.
„Natürlich kenne ich den!", antwortete der Junge.
„Ein gescheiter Junge", nickte Scrooge. „Ein bemerkenswerter Bursche! Weißt du vielleicht, ob der große Truthahn, der dort hing, schon verkauft worden ist? Nicht der kleinere der beiden, den großen meine ich."
„Was, den, der ungefähr so groß ist wie ich?", entgegnete der Junge.
„Was für ein lieber Junge!", lächelte Scrooge für sich. „Es ist eine Freude, mit ihm zu sprechen." Und laut rief er: „Ganz genau, mein Prachtjunge."
„Der hängt noch dort", antwortete der Junge.
„Ist das wahr?", fragte Scrooge. „Na, dann lauf und kaufe ihn."
„Ist Ihnen nicht gut?", spottete der Junge.
„Doch, doch", sagte Scrooge, „es ist mein Ernst. Geh hin, kaufe ihn und sag, sie sollen ihn hierher bringen, damit ich ihnen die Adresse geben kann, wohin sie ihn tragen sollen. Komm mit dem Träger wieder her, und ich gebe dir einen Schilling. Kommst du schneller als in fünf Minuten zurück, bekommst du eine halbe Krone."
Der Junge verschwand wie der Blitz.

„Ich will ihn Bob Cratchit schicken", flüsterte Scrooge, sich die Hände reibend und vor Lachen fast platzend. „Er soll nicht wissen, wer ihn schickt. Der Truthahn ist doppelt so groß wie Tiny Tim. Die werden lachen!"
Als er die Adresse schrieb, zitterte seine Hand, aber er schrieb, so gut es ging, und stieg die Treppe hinab, um die Haustür zu öffnen und den Truthahn zu erwarten. Wie er so dastand, fiel sein Blick auf den Türklopfer.
„Ich werde ihn lieb haben, so lange ich lebe", rief Scrooge, ihn streichelnd. „Früher habe ich ihn kaum angesehen. Was für ein ehrliches Gesicht! Es ist ein wunderbarer Türklopfer! – Da ist der Truthahn. Hallo! Wie geht's? Fröhliche Weihnachten!"
Das war ein Truthahn! Er hätte nicht mehr lang lebendig auf seinen Füßen stehen können, denn sie hätten sein Gewicht kaum mehr tragen können.
„Was, es ist ja fast unmöglich, den nach Camden Town zu tragen!", sagte Scrooge. „Ihr müsst einen Wagen nehmen."
Das Lachen, mit dem er dies sagte, das Lachen, mit dem er den Truthahn bezahlte, das Lachen, mit dem er den Wagen bezahlte, und das Lachen, mit dem er dem Jungen ein Trinkgeld gab, wurde nur von dem Lachen übertroffen, mit dem er sich atemlos in seinen Stuhl niedersetzte und lachte, bis ihm die Tränen die Backen herunterliefen.

Das Rasieren war keine Kleinigkeit, denn seine Hand zitterte immer noch sehr, und Rasieren verlangt große Aufmerksamkeit, auch wenn man nicht gerade dabei tanzt. Aber selbst wenn er sich die Nasenspitze abrasiert hätte, er würde ein Stückchen Pflaster darauf geklebt und sich damit zufrieden gegeben haben.

Er zog seine besten Kleider an und trat endlich auf die Straße. Die Leute strömten gerade aus ihren Häusern, wie er es gesehen hatte, als er den Geist der diesjährigen Weihnacht begleitete. Mit hinter dem Rücken verschränkten Händen blickte Scrooge jeden mit einem freundlichen Lächeln an. Er sah so unwiderstehlich freundlich aus, dass drei oder vier lustige Leute zu ihm sagten: „Guten Morgen, Sir, fröhliche Weihnachten!" Und Scrooge sagte nachher oft, dass von allen lieblichen Klängen, die er je gehört, diese seinem Ohr am lieblichsten geklungen hätte.

Er war nicht weit gegangen, als er denselben stattlichen Herrn auf sich zukommen sah, der am Tage vorher in sein Büro gekommen war und um eine Spende für die Armen gebeten hatte. Es gab ihm förmlich einen Stich ins Herz, als er dachte, wie ihn wohl der alte Herr beim Vorübergehen ansehen würde, aber er wusste, welchen Weg er zu gehen hatte, und er ging ihn.

„Sir", rief Scrooge, ihm entgegenlaufend. „Wie geht es Ihnen? Ich hoffe, Sie hatten gestern noch einen

guten Tag? Ich wünsche Ihnen fröhliche Weihnachten, Sir."
„Mr Scrooge?"
„Ja", sagte Scrooge. „So ist mein Name und ich fürchte, er klingt für Sie nicht sehr angenehm. Erlauben Sie, dass ich Sie um Verzeihung bitte! Und wollen Sie die Güte haben ..." Jetzt flüsterte ihm Scrooge etwas ins Ohr.
„Gütiger Himmel!", rief der Herr nach Atem ringend. „Mein lieber Mr Scrooge, ist das Ihr Ernst?"
„Wenn es Ihnen beliebt", sagte Scrooge. „Keinen Schilling weniger. Es sind viele Rückstände dabei, ich versichere es Ihnen. Wollen Sie die Güte haben?"
„Bester Herr", sagte der andere, ihm die Hand schüttelnd. „Ich weiß nicht, was ich zu einer solchen Großzügigkeit sagen soll."
„Ich bitte, sagen Sie gar nichts dazu", antwortete Scrooge. „Besuchen Sie mich doch. Wollen Sie mich besuchen?"
„Herzlich gern", rief der alte Herr. Und man sah, dass es ihm mit diesem Versprechen ernst war.
„Ich danke Ihnen sehr", sagte Scrooge. „Ich bin Ihnen sehr verbunden. Ich danke Ihnen tausendmal. Leben Sie recht wohl!"
Er ging in die Kirche, ging durch die Straßen, sah die Leute hin und her laufen, tätschelte Kindern die Wange, sprach mit Bettlern, spähte hinab in die Küchen und lugte hinauf zu den Fenstern der Häu-

ser. Und er fand, dass ihm alles das Vergnügen bereitete. Er hätte es sich nie träumen lassen, dass ihn ein Spaziergang oder sonst etwas so glücklich machen könnte. Nachmittags lenkte er seine Schritte zur Wohnung seines Neffen.

Er ging wohl ein Dutzend Mal an der Tür vorüber, ehe er den Mut aufbrachte anzuklopfen. Endlich fasste er sich ein Herz und klopfte.

„Ist dein Vater zu Hause, liebes Kind?“, sagte Scrooge zu dem Mädchen. Ein nettes Mädchen übrigens, wahrhaftig!

„Ja, Sir.“

„Wo ist er, liebes Kind?“, fragte Scrooge.

„Er ist im Speisezimmer, Sir, mit seiner Frau. Ich will Sie hinaufführen, wenn Sie erlauben.“

„Danke, danke. Er kennt mich“, sagte Scrooge, mit der Hand schon auf der Türklinke. „Ich will gleich eintreten, liebes Kind.“

Er machte die Tür leise auf und steckte den Kopf hinein. Sie betrachteten gerade den Speisetisch (der mit großem Aufwand gedeckt war), denn junge Hausfrauen sind immer sehr darauf bedacht und sehen gern alles in bester Ordnung.

„Fred“, rief Scrooge.

Heiliger Himmel, wie seine Nichte erschrak! Scrooge hatte in diesem Augenblick vergessen, dass sie mit dem Fußbänkchen in der Ecke gesessen hatte, sonst hätte er es um keinen Preis getan.

„Potztausend!“, rief Fred. „Wer kommt da?“

„Ich bin's, dein Onkel Scrooge. Ich komme zum Essen. Willst du mich reinlassen, Fred?"
Ihn reinlassen! Es war nur gut, dass er ihm nicht den Arm abriss. Nach fünf Minuten fühlte sich Scrooge wie zu Hause. Nichts konnte herzlicher sein als die Begrüßung seines Neffen. Und auch seine Nichte empfing ihn nicht minder herzlich. Ebenso Topper, als er kam. Auch die Schwester, als sie kam. Und alle, wie sie nach der Reihe kamen. Wundervolle Gesellschaft, wundervolle Spiele, wundervolle Eintracht, wundervolles Glück!
Am anderen Morgen war Scrooge früh in seinem Büro. Oh, er war ganz früh da. Zuerst dort zu sein und Bob Cratchit beim Zuspätkommen erwischen! Das war's, wonach ihm der Sinn stand. Und es gelang ihm wahrhaftig! Die Uhr schlug neun. Kein Bob. Viertel nach neun. Kein Bob. Er kam volle achtzehn und eine halbe Minute zu spät. Scrooge hatte seine Tür weit offen stehen lassen, damit er ihn in das Verlies eintreten sähe.
Bobs Hut war vom Kopf, ehe er die Tür öffnete, auch der Schal von seinem Hals. Im Nu saß er auf seinem Stuhl und jagte mit der Feder über das Papier, als wollte er versuchen, neun Uhr einzuholen.
„Heda", rief Scrooge, so gut es ging seine gewohnte Stimme nachahmend. „Was soll das heißen, dass Sie so spät kommen?"
„Es tut mir sehr leid, Sir", sagte Bob. „Ich habe mich verspätet."

„So?“, meinte Scrooge. „Ja. Das kommt mir auch so vor. Hier herein, wenn's gefällig ist.“
„Es ist nur einmal im Jahr, Sir“, sagte Bob, aus dem Verlies hereintretend. „Es kommt nicht wieder vor. Ich war ein bisschen lustig gestern, Sir.“
„Nun, ich will Ihnen etwas sagen, Freundchen“, sagte Scrooge, „ich kann das nicht länger mit ansehen. Und daher“, fuhr er fort, sprang auf und stieß Bob derart vor die Brust, dass er wieder in das Verlies zurückpurzelte, „... und daher will ich Ihr Gehalt erhöhen!“
Bob zitterte und trat dem Lineal etwas näher. Er dachte kurz daran, Scrooge damit eins auf den Kopf zu geben, und dann die Leute im Hof um Beistand und um eine Zwangsjacke zu bitten.
„Fröhliche Weihnachten, Bob!“, sagte Scrooge mit einem Ernst, der nicht missverstanden werden konnte, indem er ihm auf die Schulter klopfte. „Fröhlichere Weihnachten, Bob, als ich Sie so manches Jahr habe feiern lassen. Ich will Ihr Gehalt erhöhen und mich bemühen, Ihrer Familie unter die Arme zu greifen. Wir wollen heut Nachmittag bei einem dampfenden Punsch über Ihre Angelegenheiten sprechen, Bob! Schüren Sie das Feuer und kaufen Sie eine größere Kohlenschaufel, ehe Sie wieder einen Punkt auf ein i machen, Bob Cratchit!“
Scrooge war besser als sein Wort. Er tat nicht nur alles, was er versprochen hatte, sondern mehr, und

für Tiny Tim, der nicht starb, wurde er wie ein Großvater. Er wurde ein so guter Freund und ein so guter Mensch, wie nur die gute alte Stadt oder jedes andere gute alte Städtchen oder Dorf in der guten guten alten Welt je einen Freund und Menschen gesehen hat. Einige Leute lachten, als sie ihn so verändert sahen, aber er ließ sie lachen und kümmerte sich wenig darum. Denn er war klug genug zu wissen, dass nichts Gutes in dieser Welt geschehen kann, worüber nicht von vornherein einige Leute lachen müssen. Und da er wusste, dass solche Leute doch blind bleiben würden, so dachte er bei sich, es wäre besser, sie legten ihre Gesichter durch Lachen in Falten, als dass sie es auf weniger anziehende Weise täten. Sein eigenes Herz lachte jedenfalls, und damit war er vollauf zufrieden.

Er hatte keinen weiteren Verkehr mit Geistern, sondern lebte von jetzt an nach dem Grundsatz gänzlicher Enthaltsamkeit. Und man sagte von ihm, wenn es überhaupt ein Mensch wisse, Weihnachten recht zu feiern, dann er. Möge dies auch in Wahrheit von uns allen gesagt werden können. Und so schließen wir mit Tiny Tims Worten »Gott segne jeden von uns.“

ISBN 3-505-11877-X